# LA LÉGENDE DES QUATRE

Cassandra O'Donnell

# La Légende des Quatre

## 1. Le clan des loups

Flammarion jeunesse

Du même auteur :

**« Malenfer »**
1. *La forêt des ténèbres*
2. *La source magique*
3. *Les héritiers*
4. *Les sorcières des marais*

**« Malenfer » en BD**
1. *La forêt des ténèbres*

**« Le monde secret de Sombreterre »**
1. *Le clan perdu*
2. *Les Gardiens*
3. *Les âmes perdus*


87, quai Panhard-et-Levassor – 75647 Paris Cedex 13
ISBN : 978-2-0813-9425-4

# 1

La lumière du jour commençait déjà à rosir pour annoncer le soir qui approchait. Un vent léger soufflait entre les arbres, faisant bouger en douceur les feuilles sur les branches. Mika courait, le museau collé au sol et la terre défilant sous ses pattes. Plus il avançait, plus l'odeur de sa proie saturait l'air et plus il avait du mal à contenir l'excitation qui le gagnait. Le sanglier était tout près maintenant, sa senteur était si forte que le jeune tigre parvenait à peine à se contrôler. Doucement, tu ne dois pas l'effrayer, songea-t-il en ralentissant soudain le rythme tandis qu'il atteignait le bord de la clairière. Puis, se glissant à travers les fourrés, il se mit à avancer silencieusement en espérant ne pas se faire repérer. La bête était énorme et un solitaire de cet âge pouvait se révéler extrêmement dangereux. Une seule erreur de sa part, une seule, et il risquait de se faire tuer. Tapi dans les hautes herbes, le petit tigre gratta nerveusement la surface rêche de ses griffes sur le sol et prit tranquillement le temps de l'observer. Gris-brun, le cou massif, l'arrière-train large et les défenses acérées, l'animal était plutôt impressionnant. Mais Mika s'en moquait. Il était parfaitement décidé à tenter sa chance. Tendant les muscles de ses pattes, il s'apprêtait à bondir sur sa proie quand il sentit soudain une main le tirer brusquement en arrière.

— Non !

Le sanglier, effrayé, se mit aussitôt à détaler et Mika, frustré de voir la bête lui échapper, se tourna vers le garçon brun aux yeux émeraude qui le tenait fermement au-dessus du sol et lui assena un coup de griffe.

— Eh ! On se calme, d'accord ? Tu sais très bien que tu es beaucoup trop petit pour t'attaquer à un sanglier adulte, c'est trop risqué, soupira celui-ci en n'accordant même pas un regard au filet de sang qui s'écoulait à travers son pantalon déchiré.

Le jeune tigre poussa un feulement de protestation et leva les yeux vers son grand frère en faisant onduler ses oreilles rondes. Petit ? Petit ? Oh bien sûr, il n'avait rien à voir avec Bregan. Son aîné, sous sa forme animale, mesurait déjà pas loin de 2 mètres, pesait près de 400 kilos et pouvait tuer un bœuf ou un cheval d'un seul coup de patte. Mais même si Mika était encore loin d'être aussi puissant, il était agile, discret, il pouvait grimper sur n'importe quel arbre et tenir bien plus de temps à la course que la plupart des adultes.

— Allez, il est l'heure de rentrer, ajouta Bregan en lui ébouriffant gentiment la fourrure.

Rentrer ? Sans même ramener une proie à la maison ? Alors là, pas question, songea Mika avant de balayer du regard les environs. La plupart des tigres préféraient chasser la nuit et possédaient une excellente vision nocturne, mais maman le jugeait encore trop jeune pour le laisser vagabonder avec les grands de 10 ou 12 ans. Or Mika trouvait ça profondément injuste, et il en avait plus qu'assez d'être traité comme un bébé. Il devait absolument prouver sa valeur et, pour ça, il ne pouvait pas se permettre de rentrer bredouille. Non, pas cette fois.

— Mika ? Qu'est-ce que tu fais ? demanda Bregan en fronçant les sourcils.

Le jeune tigre leva de nouveau les yeux vers lui et se mit à réfléchir. Si son grand frère avait été sous sa forme animale, il n'aurait pas eu la moindre chance de lui échapper, mais maman avait ordonné à Bregan de l'accompagner sous sa forme humaine – et les humains couraient bien moins vite que les tigres. C'était une idée folle bien sûr, chasser seul était interdit à son âge et il risquait de se faire sacrément gronder en rentrant à la maison, mais il préférait encore être puni plutôt que de subir une nouvelle humiliation.

— Désolé, Bregan, mais cette fois, je dois réussir… Ne m'en veux pas…, feula-t-il avant de tendre les muscles de ses pattes arrière.

— Quoi ? Qu'est-ce que… Mika, non ! gronda Bregan en devinant son intention.

Mais il était déjà trop tard. Mika s'était élancé d'un bond vers les broussailles couvertes d'épines et avait disparu comme par enchantement.

*

Les jambes de Maya martelaient la terre compacte de la végétation luxuriante de la forêt longeant les frontières de la terre des loups. Ignorant la fatigue qui nouait ses muscles, elle refusait de ralentir. Au lieu de contourner les fourmilières géantes de Mirhs qui se dressaient devant elle, elle s'agrippa agilement à une branche, se balança, atterrit quelques mètres plus loin gracieusement sur le sol, puis elle poursuivit sa course sans même prendre le temps de souffler. Il y avait bien longtemps que Maya avait appris à ignorer la douleur. Elle ne se plaignait jamais, n'abandonnait jamais et se montrait d'une ténacité à toute épreuve. Qu'elle soit sous sa forme animale ou non. Elle effectuait ses tours de garde dans une forme puis dans l'autre, dans un parfait souci d'alternance. La plupart de ses congénères la regardaient faire avec indulgence, mais ils ne comprenaient pas qu'elle consacre autant de temps à entraîner son corps d'adolescente au combat alors qu'elle pouvait à tout moment se transformer en louve. Mais Maya n'était pas de leur avis. Elle savait – ou plutôt elle « sentait » – instinctivement que négliger l'une de ses formes risquait de provoquer un dangereux déséquilibre intérieur et que l'humaine et la bête qui guidaient son cœur et son esprit étaient les deux facettes d'un seul et même tout.

— Wouahouhouhou !!!!!!!!!!

En entendant l'aboiement de Malcom, Maya cessa subitement de courir, leva la tête vers le ciel et se mit à hurler à son tour.

— Whouahou !!!!!!!!

Rien à signaler, tout va bien, songea Maya en s'apprêtant à reprendre sa ronde, lorsqu'elle perçut soudain un feulement étrange provenant des buissons situés un peu plus loin. Les yeux plissés et les sens en alerte, elle saisit aussitôt l'arc qu'elle portait dans son dos et se dirigea lentement vers sa cible sans faire de bruit.

Mika avait bondi sur le lièvre et le maintenait fermement entre ses griffes. Puis, se remémorant ses nombreuses leçons de chasse et les conseils de maman, il saisit sa proie à la tête et lui sectionna la colonne vertébrale d'un coup de crocs. Il avait vu faire les grands des dizaines de fois, mais c'était la première fois qu'il mettait fin à l'existence d'un être vivant et ce n'était pas aussi facile que ça en avait l'air. Sa partie tigre approuvait bien évidemment et trouvait ça tout naturel, mais son cœur de petit garçon s'était tout de même serré quand il avait compris que le lièvre ne se relèverait plus.

— Au moins cette fois, j'y suis arrivé, feula-t-il tristement en baissant les yeux sur la dépouille de la bête.

— Qui est là ? Montre-toi ! Montre-toi ou je te transperce le cœur ! gronda soudain une voix provenant de l'autre côté du buisson.

Mika huma l'air et poussa un grondement intérieur. Il allait sortir, oui, parce qu'il n'avait pas le choix et que son instinct lui disait que l'inconnu ne plaisantait pas. Mais il n'avait pas l'intention de lui abandonner sa proie. Pas après tout le mal qu'il s'était donné pour l'attraper. Ah ça non ! Repoussant immédiatement la dépouille du lièvre de ses pattes arrière pour mieux la dissimuler, il émergea du buisson les poils dressés sur l'échine et les crocs découverts, puis se mit à feuler en direction de la jeune fille aux longs cheveux blancs et aux yeux bleu azur qui le regardait d'un air surpris.

— Qu'est-ce que… ? Qu'est-ce que tu fais ici, toi ?

En temps normal, Maya n'aurait pas hésité à tuer n'importe quel intrus se trouvant sur son territoire, mais avec ses yeux ronds et dorés, son petit nez rose, sa fourrure blanche marquée de rayures noires partant du front qui se prolongeaient jusqu'à sa queue, le petit Taïgan ressemblait à un adorable gros chat et était de toute évidence bien trop jeune pour représenter le moindre danger.

— Tu es perdu ? demanda-t-elle en remarquant le sang sur ses crocs. Hum… hum… quelque chose me dit que tu étais en train de chasser… je me trompe ? Tu as quoi ? 8 ou 9 ans, comme ma petite sœur ? Viens, approche, fit-elle en tendant doucement sa main vers lui en signe de paix.

Mika, comme tous les siens, avait un excellent odorat et il n'eut aucun mal à repérer, sous la senteur humaine de la belle jeune fille au corps fin et musclé qui se tenait devant lui, l'odeur musquée du loup. Apeuré, il recula instinctivement de plusieurs pas.

— Tu es un vrai petit trouillard, toi… Bon, je pose mon arme, tu vois ? fit-elle en déposant son arc sur le sol avant de s'accroupir à sa hauteur.

Mika remua les oreilles en se demandant quoi faire. Il pouvait s'en aller, évidemment, et la Lupaï sous cette forme ne pourrait sûrement pas le rattraper, mais il était intrigué. Sa mère, son frère et tous les autres membres de son clan détestaient les loups et les considéraient comme les plus vils et les plus dangereux des Yokaïs, mais cette fille semblait différente. Elle sentait le canidé, bien sûr, mais elle ne puait pas comme les autres membres de son clan, bien au contraire. Son odeur était douce et sucrée, elle était très belle, et il aimait le timbre de sa voix quand elle lui parlait. Il s'approcha lentement.

— Tu es drôlement mignon, tu sais ça ? Ça me rend triste de savoir que tu vas un jour devenir l'un de ces horribles monstres, remarqua-t-elle la main toujours ouverte et tendue vers lui.

Un monstre ? Quel monstre ? Mika ne comprenait pas. Il leva vers elle un regard si étonné que ça la fit sourire. Non, à bien y réfléchir, il ne devait pas avoir plus de 6 ou 7 ans, ce qui impliquait qu'il n'avait probablement aucune idée ni d'avoir fait quelque chose de mal en franchissant la frontière, ni du danger qui le menaçait.

— Bon, maintenant qu'on a fait ami-ami, que dirais-tu de me montrer ce que tu caches là-dessous ? fit-elle en pointant les fourrés du doigt.

Mika émit aussitôt un feulement de contestation. Sa proie était sa proie. Il n'avait pas l'intention de la partager.

— Ne fais pas l'idiot, je ne compte pas te voler ta proie. Je souhaite simplement la voir afin de te féliciter. C'est ce que nous faisons, nous les Lupaïs, quand nos petits rapportent un trophée.

« Ah oui ? C'est drôle, c'est aussi ce qu'on fait chez moi », songea Mika avant de se demander s'il pouvait lui faire confiance. Si

Bregan avait été là, il lui aurait sûrement dit de se méfier, parce que Bregan était comme ça. Il passait son temps à lui dire de se défier de tout et de tout le monde, mais…

— Alors, c'est oui ?

Mika inspira profondément puis il prit finalement sa décision. Se frottant contre la jambe de la louve, il feula en guise d'approbation.

La jeune louve sourit.

# 2

Bregan suivait la piste laissée par Mika. Il ne s'était pas transformé, c'était inutile, son flair en tant qu'humain était presque aussi développé que lorsqu'il se trouvait sous sa forme de tigre. La plupart des membres de son clan considéraient ce phénomène comme un don exceptionnel mais Bregan n'y prêtait pas spécialement attention. Il s'était toujours senti différent et savait que la bête qui vivait en lui ne dormait jamais vraiment. Cessant brutalement de courir, il s'arrêta à l'orée de la forêt face à la frontière du territoire Lupaï puis leva les yeux vers le ciel. Combien de temps avant la nuit ? Combien de temps avant que les loups et d'autres créatures plus effrayantes encore ne sortent et ne se mettent en chasse ? D'évidence, plus très longtemps. Il fallait bien le reconnaître, cette fois Mika s'était mis, ou plutôt les avait mis, dans un sacré pétrin. Pénétrer sur les terres des loups était un véritable suicide, mais il avait beau en être parfaitement conscient, le tigre n'avait pas l'intention de renoncer pour autant.

*

— J'ai gagné ! J'ai gagné ! feulait Mika tandis qu'il maintenait Maya allongée sur le sol.

— Tu es rapide, mais je suis plus grande que toi ! lança Maya en se dégageant facilement.

— C'est pas juste ! couina Mika.

Maya ne put s'empêcher de sourire. Il ne pouvait pas véritablement parler bien sûr, mais les petits feulements joyeux de Mika étaient suffisamment expressifs pour qu'elle puisse aisément en comprendre le sens.

— Ce n'est pas grave, essaie, essaie encore ! fit-elle avant de se figer brusquement.

— Qu'est-ce qu'il se passe, Maya ? Tu es toute bizarre, tu ne veux plus jouer ? demanda Mika en sentant une forte tension irradier de la louve.

Un profond silence, semblable au calme immobile d'un prédateur en chasse, venait soudainement d'envahir la forêt. Aussi vive que l'éclair, Maya bondit sur son arc qui se trouvait un mètre plus loin et le tendit aussitôt vers l'ombre qui se dessinait entre les arbres.

— Ne fais pas de mal à mon petit frère, s'il te plaît ! lança tout à coup Bregan en la dévisageant d'un air froid et impassible. Il ignore tout de nos lois.

Maya blêmit en reconnaissant le garçon brun aux longs cheveux tressés qui se tenait devant elle, puis elle se reprit rapidement et lui renvoya un regard furieux. Pour qui me prend cet idiot de tigre ? Qu'est-ce qu'il s'imagine ? Que je suis assez lâche pour m'attaquer à un enfant ?

Bregan, en entendant le grondement de colère qui s'échappait de la gorge de la louve, hésita un instant à se transformer. Maya n'était pas aussi impressionnante, aussi rapide ni aussi performante sous cet aspect que sous sa forme animale, mais elle n'était pas sans défense non plus. Et ses flèches avaient la réputation de ne jamais manquer leurs cibles.

— Doucement, je ne suis pas là pour me battre, d'accord ? fit-il en levant les bras comme pour se rendre tandis que la louve suivait attentivement son mouvement. Si tu dois tuer quelqu'un, tue-moi, c'est de ma faute, pas de la sienne, j'aurais dû mieux le surveiller.

Maya fronça les sourcils d'un air concentré. Elle pouvait effectivement tuer l'héritier des Taïgans. Elle en avait le droit. Et personne ne pourrait le lui reprocher. Mais elle n'était pas certaine d'en avoir envie. D'abord parce que la froide férocité et terrifiante efficacité du tigre durant les combats incitaient à la prudence. Et ensuite parce qu'elle était persuadée qu'il n'avait aucune mauvaise intention envers les loups. Bregan n'avait pas franchi la frontière dans l'objectif de les espionner, de les provoquer ou de se battre, mais dans le seul et unique but de retrouver son petit frère. Il avait violé la loi en pénétrant sur le territoire d'un autre clan bien sûr, mais Maya savait au plus profond d'elle-même qu'elle se serait comportée de la même façon si elle s'était retrouvée dans la même situation et qu'elle avait perdu sa jeune sœur.

— Maya, dis quelque chose…

La jeune louve tressaillit en l'entendant prononcer son prénom. Bregan et elle avaient beau fréquenter la même école, leurs lois étaient parfaitement claires : ils n'avaient ni le droit de se retrouver seuls tous les deux, ni celui d'échanger le moindre mot.

— Tais-toi ! ordonna-t-elle sèchement.

— Pourquoi ? De quoi as-tu peur ?

— C'est interdit, et tu le sais.

Bregan retint un soupir contrarié. Les loups et les tigres étaient à couteaux tirés et une seule provocation de la part de l'un ou l'autre des clans pouvait à tout moment déclencher une nouvelle guerre. Le Taïgan ne l'ignorait pas. Tout comme il n'ignorait pas non plus le sort qui l'attendait si les autres membres de la meute découvraient leur présence ici. La seule question qu'il se posait, c'était ce qui retenait Maya de donner l'alerte et de le dénoncer.

Il haussa les épaules.

— Et ?

— Quoi « et » ?

— Je suis en train de te parler et la terre ne s'est toujours pas effondrée…

Maya esquissa un sourire railleur. Qu'est-ce que cet imbécile de tigre imaginait ? Qu'il suffisait de la fixer de ses yeux cobalt et de sourire bêtement pour lui faire baisser sa garde ? Pensait-il vraiment pouvoir l'amadouer comme toutes ces idiotes d'humaines en parlant et en plaisantant, et lui faire oublier qui il était réellement ? Parce que si c'était le cas, il se fourrait sacrément le doigt dans l'œil.

— Tu sais, je pensais que les autres exagéraient quand ils disaient que tu étais narcissique et indiscipliné, mais maintenant que je t'observe…

Un sourire ironique étira les lèvres de Bregan.

— Ça fait longtemps…

— Quoi ?

— Ça fait longtemps que tu m'observes. Je le sais parce qu'il m'arrive souvent, à moi aussi, de t'observer.

Bregan eut du mal à ne pas s'esclaffer devant la mine consternée de Maya.

— Pardon ?

— Toi et moi sommes les héritiers de nos deux clans. Et comme tes anciens ont dû te le dire : apprendre à connaître les forces et les faiblesses de ses ennemis n'est jamais une perte de temps.

Bregan ne mentait pas. Il avait effectivement espionné les faits et gestes de la louve depuis sa plus tendre enfance dans le but, une fois devenu adulte, de mieux la cerner et d'être capable en cas de conflit d'anticiper ses réactions. Mais il ne disait pas toute la vérité non plus. À force de passer toutes ces années à l'étudier, il avait fini par développer, bien malgré lui, une sorte de fascination étrange pour la future souveraine du clan Lupaï, et ça le perturbait.

— Tu n'es pas mon ennemi et nous ne sommes plus en guerre, lui rappela sèchement Maya.

Non, songea Bregan, ils n'étaient pas en guerre, mais le jeune Yokaï n'était pas dupe. Il savait qu'un conflit entre les clans était susceptible d'éclater à tout moment et qu'à la dernière grande assemblée Lupaïs et Taïgans avaient été à deux doigts de s'étriper.

— Pas « officiellement », mais nous savons parfaitement toi et moi ce qu'il en est, répondit-il avec un sourire narquois.

Elle le dévisagea longuement puis grimaça.

— Je crois que je préférais « avant ».

— Avant quoi ?

— « Avant », quand tu ne me parlais pas.

Il s'esclaffa.

— Pourquoi ? Qu'est-ce qui te gêne ? Je ne fais que dire la vérité.

Maya se retint de grimacer. Bregan possédait de nombreux défauts mais il était loin d'être stupide – violent, fier, dangereux, oui, mais pas stupide. Et elle savait au fond d'elle-même qu'il avait parfaitement raison : la paix ne durerait plus très longtemps et les guerres de territoire pouvaient reprendre à toute occasion. Mais elle refusait pour le moment d'y songer. Les derniers combats l'avaient privée de sa mère et d'une partie de sa famille et, malgré la haine et le désir de vengeance qui l'envahissaient dès qu'elle croisait l'un de ces maudits Taïgans, elle n'avait nullement envie de voir son clan à nouveau endeuillé.

— Si un conflit éclate un jour, ce sera de votre faute à vous les tigres. Vous êtes si imbus de vous-mêmes ! Si arrogants !

— Alors que vous les Lupaïs, vous êtes parfaits bien sûr, ricana Bregan.

Mika, qui les écoutait d'une oreille et qui s'ennuyait ferme, décida qu'il était grand temps de reprendre sa forme humaine. Poussant un feulement de douleur, il fit rentrer ses poils sous sa peau, grandir ses os, sa tête, arrondir ses yeux et, une fois redevenu bipède, il se planta fièrement devant eux.

— Dis, Bregan, je veux rentrer à la maison. Maman va s'inquiéter et elle va encore me priver de dessert…

Le tigre se tourna vers lui en fronçant les sourcils. Mika était nu comme un ver, mais le Taïgan s'en fichait. Les Yokaïs ne voyaient pas la différence entre un corps couvert de poils et un corps qui en était dépourvu. Ils ne s'habillaient que pour des raisons purement pratiques. D'abord pour se protéger du froid, ensuite pour ne pas gêner ou choquer les humains qu'ils côtoyaient. Ces derniers semblaient embarrassés – pour une raison étrange et que les Yokaïs ne comprenaient pas – dès qu'ils les croisaient nus sous leur forme humaine. Et ça, même lorsqu'il faisait chaud.

— Ça, c'est parce que tu n'arrêtes pas de faire des bêtises.

Mika se renfrogna aussitôt.

— C'est pas vrai !

— Si, c'est vrai.

— Chut ! Taisez-vous ! fit soudain Maya en relevant la tête pour humer l'air.

— Que se passe-t-il ?

— Partez ! Vite ! Ils arrivent ! ordonna-t-elle tout à coup d'une voix blanche.

Surpris, Bregan écarquilla les yeux en entendant le ton angoissé contenu dans la voix de Maya. Elle était sincère. Elle s'inquiétait vraiment pour eux mais il avait beau chercher, il ne comprenait vraiment pas pourquoi.

— Qui arrive ? Qu'est-ce qu'il se passe, Bregan ? demanda Mika en déglutissant.

— La meute ! La meute arrive ! répondit Maya la gorge serrée. Fuyez !

— Bregan, j'ai peur, fit Mika en glissant sa main dans celle de son frère.

Maya baissa les yeux vers le petit. Elle n'avait pas à s'en faire pour lui, les loups ne touchaient jamais aux enfants de cet âge, mais Bregan venait d'avoir 16 ans…

— Peur ? Un Taïgan n'a JAMAIS peur, JAMAIS ! Tu as compris ? gronda Bregan d'un ton de réprimande.

Maya attrapa aussitôt le prince tigre par la manche, le fit pivoter vers elle et plongea brusquement son regard dans le sien :

— S'il te plaît, Bregan, ne reste pas là.

Ce fut ce regard, ou plutôt la supplication qu'il contenait, plus que la crainte de se faire dépecer qui convainquit finalement l'adolescent d'obtempérer.

— Très bien, tu as gagné, louve, on s'en va !

Mika tourna la tête vers Maya alors que Bregan le soulevait prestement dans ses bras.

— Au revoir Maya.

— Au revoir Mika, et essaie de ne pas te perdre la prochaine fois !

Mika lui sourit et lui fit signe de la main tandis que Bregan fuyait en direction de la frontière en courant.

# 3

Maya, sans trembler, faisait face aux visages hostiles qui la dévisageaient d'un air furieux. Impassible, elle écoutait leurs reproches d'une oreille distraite et paraissait s'ennuyer.

— Mais enfin, Maya, pourquoi n'as-tu pas donné l'alerte ?

— C'est de la trahison, voilà ce que c'est ! De la trahison !!!

— Tu aurais dû saigner ces sales Taïgans et les égorger comme des chiens !

La jeune louve ne prit même pas la peine de répondre. Elle ne regrettait pas d'avoir laissé Bregan et Mika s'enfuir. Et elle se sentait terriblement soulagée que la meute ne soit pas parvenue à rattraper les deux garçons avant qu'ils aient franchi la frontière de la terre des tigres.

— Maya...

La jeune louve se tourna vers le grand homme fort et barbu qui s'approchait d'elle. À sa grande surprise, son père, Jolan, le chef de la meute, ne dégageait ni frustration ni rage contrairement aux autres, mais il semblait un peu perplexe. Et la lueur de déception qui luisait dans son regard était bien plus douloureuse pour Maya que les reproches ou les hurlements de tous ces idiots.

— Oui, père ?

— Le clan exige une explication.

Maya jeta un regard distrait aux loups, puis répondit d'un ton dénué d'émotion :

— J'ai entendu, père.

— Et ?

— Et quoi ?

— Je t'écoute. Nous t'écoutons tous.

La jeune louve soupira. Elle n'avait aucune envie de se justifier. Mais puisque son chef de meute lui en intimait l'ordre, elle n'avait d'autre choix que d'obéir.

— Très bien, s'il leur faut à tout prix une explication, voici la mienne : nous ne sommes pas des bêtes.

Jolan lui jeta un regard surpris.

— Quoi ?

— Égorger un enfant de 6 ou 7 ans est un comportement de bête sauvage, or je ne suis ni une bête ni une sauvage, fit-elle comme s'il s'agissait d'une évidence.

— Nous ne sommes pas des « bêtes » ? Vraiment ? ricana Morwin, l'un des jeunes chasseurs.

Maya tourna lentement la tête vers lui.

— Non. Nous sommes beaucoup plus que ça. Et si tu en doutes, alors c'est que tu ne comprends rien à ce qu'est un véritable Lupaï.

— Nous sommes des loups, nous sommes la meute, gronda Morwin.

— Mais pas seulement, et si tu t'intéressais davantage à ce que nous enseigne le khategaï, tu en saurais davantage sur ta propre nature.

Morwin grimaça d'un air méprisant. À ses yeux, le khategaï était un ramassis de croyances et de superstitions inutiles. Une suite de règles stupides qui les empêchaient d'être libres. Il ne croyait ni que les Lupaïs puissent revenir à l'état sauvage s'ils s'abandonnaient totalement à leurs pulsions bestiales, ni les légendes qui circulaient sur les Yokaïs qui ne parvenaient plus à reprendre forme humaine.

— Le khategaï !!!? cracha-t-il. Mais qu'est-ce qu'on en a à faire du khategaï ?

En croisant les regards outrés déclenchés par ses propos, Morwin se reprit aussitôt :

— Admettons que tu dises la vérité en ce qui concerne l'enfant, mais qu'en est-il de l'autre ? De l'héritier des Taïgans que tu as laissé s'enfuir ? l'accusa-t-il fielleusement avant de reporter son attention sur Maya et d'ajouter en la fixant du regard : Bregan, c'est ça ? C'est bien son nom ?

Maya plissa les yeux en le dévisageant. Elle savait parfaitement où Morwin voulait en venir, mais, si elle n'avait nulle envie de polémiquer, elle ne pouvait pas non plus se dérober. Oui, elle avait laissé partir le jeune prince des tigres, et non, elle n'avait pas donné l'alarme comme elle aurait dû le faire. C'était un fait indiscutable.

— C'est bien son nom et je l'ai effectivement laissé partir, reconnut-elle laconiquement.

Plusieurs murmures de désapprobation se propagèrent dans l'assistance et le père de Maya fronça soudain sévèrement les sourcils.

— Pourquoi ? Pourquoi l'as-tu laissé partir ? demanda-t-il.

Maya haussa nonchalamment les épaules.

— Il n'était pas venu nous chercher querelle. Il était seulement à la recherche de son petit frère.

— C'était l'héritier du clan tigre et il était à notre portée ! cracha Morwin avec fureur.

— Héritier ou non, ça ne change rien. Il n'était pas venu en ennemi.

— Ça, ce n'était pas à toi d'en décider, princesse ! répliqua durement Morwin.

Maya esquissa un rictus menaçant et avança vers le jeune chasseur.

— Tu voulais quoi ? Qu'on le tue parce qu'il est venu chercher son petit frère ? Que se serait-il passé d'après toi si nous avions éliminé le prince du clan tigre pour un motif aussi futile ?

Morwin avança près de Maya et fit claquer ses dents à quelques centimètres de son visage.

— Il avait franchi la frontière, nous étions dans notre droit !

Maya, sentant qu'elle était sur le point de se transformer, inspira profondément pour calmer la bête qui bouillonnait à la surface de sa peau. La louve était bien moins patiente que ne l'était l'humaine et elle n'avait qu'un seul désir à ce moment précis : égorger l'homme qui grognait contre elle et découvrait ses crocs.

— Les Taïgans se seraient vengés.

— Et alors ?

— Alors je n'ai pas l'intention de voir les gens que j'aime se faire tuer pour un motif aussi stupide !

— Tu n'es qu'une lâche ! gronda-t-il avant de tenter de la gifler.

Mais Maya était trop rapide. D'un geste vif et décidé, elle le frappa au genou puis, une fois sa jambe à terre, elle le fit basculer sur le sol d'un coup de pied violent en pleine face avant de bondir sur lui et de presser un couteau sous sa gorge.

— Si tu oses encore une seule fois me manquer de respect, je te tue, c'est clair ?

Jolan ne put s'empêcher de jeter un regard admiratif à sa fille. La célérité et la dextérité de Maya augmentaient de jour en jour et elle n'allait probablement pas tarder à devenir l'une des meilleures combattantes de la meute. Et il lui suffisait de voir les petits sourires approbateurs qui s'étaient dessinés sur les lèvres de ses meilleurs chasseurs pour savoir qu'ils partageaient son opinion.

— Ça suffit, Maya, lâche-le.

— Pourquoi ? C'est lui qui a commencé, il a…

— J'ai dit ça suffit !!!

Maya leva les yeux vers son père, l'affrontant un instant du regard et, durant ce court laps du temps, tous les autres loups retinrent leur souffle. Puis elle se releva d'un bond.

— Oui, père.

Le soulagement qui s'afficha aussitôt sur le visage de Morwin fut si évident que plusieurs Lupaïs se mirent à ricaner.

— Tu es complètement folle ! balbutia ce dernier en se relevant à son tour.

Maya laissa échapper une si grosse bouffée de pouvoir que le jeune loup ne put réprimer un frisson.

— Mon père ne sera pas toujours là pour te protéger, Morwin, et ce jour-là, oui, ce jour-là je te tuerai.

Il n'y avait aucune hésitation dans la voix de la louve, mais une résolution sans faille, pratiquement une promesse.

— J'ai dit que ça suffisait, Maya, déclara Jolan.

Mais Morwin avait beau prendre les menaces de Maya au sérieux, il était bien trop obstiné pour abandonner le combat. Se tournant vers Jolan, il prit une inspiration si profonde que ses épaules se soulevèrent.

— Maya a enfreint nos lois, elle a laissé s'enfuir l'héritier des tigres et pour ça elle doit être jugée.

— Nous savons ce qu'elle a fait et tous ici présents savent à présent parfaitement ce qui l'a poussée à agir de cette façon, répliqua Jolan. On peut toujours le lui reprocher bien sûr, mais…

— …Maya a pris la bonne décision, déclara soudain une voix dans la foule.

Toutes les têtes se tournèrent immédiatement vers Malak, le vieux chaman de la meute et l'un de ses membres les plus respectés.

— En épargnant l'enfant et son frère, elle a suivi la voie du khategaï et a agi avec sagesse.

Morwin pâlit.

— Mais…

Malak haussa un sourcil.

— Quoi ? Tu prétends en savoir plus que moi à ce sujet ?

— Non, chaman, mais…

— Alors la question est réglée, fit Malak en jetant un regard sévère en direction de la foule.

Tous les loups présents baissèrent la tête et acquiescèrent avec ferveur, à l'exception de Morwin et de quelques autres jeunes chasseurs trop remontés contre Maya pour se laisser impressionner. Comment était-ce possible ? Pourquoi refusaient-ils de la punir ? N'avait-elle pas enfreint les règles ? Où était la justice dans tout cela ?

— Je ne suis pas d'accord ! Si ça n'avait pas été Maya, si ça avait été l'un de nous, ça ne se serait pas passé comme ça ! protesta un jeune garçon rondouillard aux traits juvéniles.

Un grondement de colère vibra sur les lèvres de Morwin.

— Oui, si ça avait été n'importe lequel d'entre nous, le Conseil nous aurait jugés et condamnés !!!

— C'en est assez ! Que ça vous plaise ou non, notre chaman a pris sa décision, déclara Jolan en toisant les deux garçons. L'affaire est close.

Morwin et ses amis échangèrent un regard, leurs yeux débordant de fureur, puis ils se frayèrent un chemin à travers la foule en écartant brutalement tous ceux qui se trouvaient sur leur passage et disparurent dans la forêt.

Jolan fronça les sourcils en regardant Morwin s'éloigner puis il murmura au chaman :

— Je me demande ce qui motive la fureur de ce garçon…

— L'orgueil.

— Quoi ?

— Maya a repoussé ses avances. Depuis, il passe son temps à lui créer des ennuis, expliqua Malak en secouant la tête.

— Des avances ? C'est ridicule, ils sont encore bien trop jeunes.

Malak sourit.

— Ils ont 16 ans.

Jolan grimaça d'un air incrédule. L'idée que sa fille puisse s'amouracher d'un garçon était hautement improbable. Maya ne s'intéressait pas à ce genre de futilités. Pas encore. Et heureusement. Parce qu'une fois qu'une louve tombait amoureuse et se choisissait un compagnon, son cœur jamais ne changeait. C'était pour la vie.

— Ma fille n'est pas… ma fille ne…

— Papa ?

Le loup pivota aussitôt sur lui-même et grommela d'un ton hargneux :

— Quoi !!!?

Maya écarquilla les yeux, surprise.

— Euh… rien enfin, je venais juste t'avertir que j'allais poursuivre ma ronde et de ne pas m'attendre pour dîner.

— Poursuivre ta ronde ? Après toute la pagaille que tu viens de semer ?

Maya poussa un soupir. Jolan détestait les fauteurs de troubles. En particulier ceux qui se battaient et créaient des dissensions au sein de la meute. Mais elle ne se sentait pas coupable de ce qui venait d'arriver. Morwin ne lui avait pas laissé le choix, et cet imbécile méritait une bonne leçon.

— Papa…

Jolan secoua la tête.

— Pas question. Tu t'es attiré suffisamment d'ennuis pour aujourd'hui, rentre à la maison.

— Ce n'est pas juste… je n'ai pas provoqué le combat, j'ai…

— JE T'AI DIT DE RENTRER À LA MAISON !!!! gronda Jolan d'une voix tellement chargée de pouvoir que les jambes et les mains de Maya se mirent à trembler.

Luttant contre la compulsion qui la poussait à obéir, elle se mordit les lèvres jusqu'au sang en tentant vainement de résister mais échoua au bout de quelques secondes. Nul loup ne pouvait échapper à la domination du chef de clan. La volonté du mâle alpha s'imposait à tous les membres de la meute, et ces derniers étaient physiquement et mentalement incapables de s'en libérer.

— Oui, père, fit-elle finalement avant de le fusiller du regard et de se diriger vers sa demeure.

Malak la regarda s'éloigner en fronçant les sourcils et secoua la tête.

— Quoi ? gronda Jolan.

— Tu n'as pas peur d'être un peu dur avec elle ?

Jolan poussa un gros soupir.

— Dur ? C'est elle qui est dure ! Elle est dure, têtue, imprévisible et…

— … elle n'en fait qu'à sa tête ? suggéra Malak avec un sourire narquois.

Jolan opina.

— Parfaitement !

Malak prit un temps de réflexion. Maya était sa meilleure disciple. Elle arpentait la voie du khategaï mieux que tous les loups de sa connaissance. Et sa bête cohabitait si harmonieusement avec sa forme humaine qu'on ne pouvait pratiquement plus les différencier.

— Elle peut donner cette impression, mais j'ai appris à connaître ta fille et je sais qu'elle n'agit jamais sans raison.

Le visage de Jolan s'assombrit.

— Si je n'avais pas été là, elle aurait tué ce garçon. Elle l'aurait fait… Je l'ai lu dans son regard.

Les lèvres de Malak se soulevèrent en un sourire énigmatique.

— Tout comme le reste de la meute.

Jolan haussa les sourcils.

— Qu'est-ce que tu veux dire ?

— Je veux dire qu'elle a profité de la stupidité du jeune chasseur pour dire à tous les autres : « Je suis forte, je suis une guerrière, et voilà le sort que je réserve à mes ennemis ».

Jolan prit une ou deux secondes de réflexion. Maya allait bientôt être en âge d'être provoquée en combat singulier. Ce genre de combats au sein d'une meute n'était pas très fréquents et la plupart des conflits se réglaient généralement de manière pacifique, mais ils n'étaient pas rares non plus.

— Tu crois qu'il s'agissait d'une mise en garde ?

— Plutôt d'une menace, rectifia Malak.

— Adressée à qui ? À ce Morwin ?

— Et à tous ceux qui pensent que les femelles sont faibles et qu'elles ne méritent pas d'occuper une place importante dans la hiérarchie de la meute, répondit Malak.

Jolan s'esclaffa.

— Faible ? Maya ?

— Que veux-tu que je te dise ? Tu lui as interdit de se battre, alors ils se sont imaginé qu'elle était une proie facile.

Jolan fronça les sourcils.

— La meute puise sa force dans son unité, il ne peut y avoir de discordes entre nous.

— Je sais cela, mais ces gosses ont besoin de faire leurs preuves, de trouver où est leur place.

Jolan réfléchit. Lors du combat, Maya ne s'était pas contentée de vaincre Morwin en quelques secondes, elle avait fait montre d'un tempérament de véritable tueuse. Or, les louves qui possédaient cet instinct n'étaient pas légion dans la meute. Et il s'agissait toujours de femelles extrêmement dominantes.

Il plissa les yeux.

— Tu crois que ces gamins ont vraiment l'intention de la défier ?

Malak sourit.

— Plus maintenant.

Un éclair de compréhension traversa le regard du chef de meute.

— Non, maintenant ils savent.

Malak opina d'un air grave.

— Ils savent, en effet.

# 4

Bregan avait l'esprit ailleurs. Il regardait fixement le fond de sa tasse de café en écoutant son petit frère d'une oreille distraite tandis que Mika, assis en face de lui à la petite table de la cuisine, papotait en dévorant son petit déjeuner.

— On va revoir Maya à l'école aujourd'hui, tu crois qu'elle va vouloir jouer avec moi ?

Bregan tressaillit.

— Maya ?

— Oui, Maya ! Elle est vraiment super ! lança Mika, enthousiaste. On a drôlement bien rigolé tous les deux !

Le tigre plissa les yeux d'un air contrarié.

— Mika, je te l'ai déjà dit, parler aux Lupaïs est interdit.

— Ouais je sais, tu me l'as dit mais je trouve ça complètement idiot !

— Je te préviens, si maman découvre que tu t'es perdu en terre des loups…

— … j'aurais plus le droit d'aller chasser et elle m'obligera à rester à la maison jusqu'à la fin de mes jours, termina Mika en se renfrognant.

Bregan hocha la tête.

— Exactement.

Mika grimaça.

— Pff… n'empêche que c'est idiot quand même !

Bregan réprima un soupir. Mika était bien trop jeune pour comprendre la brutalité des combats qui avaient opposé les quatre clans Yokaïs. Il n'avait jamais vu les loups traquer, la gueule ouverte et dégoulinante de bave, un vieux tigre blessé et le déchiqueter de leurs crocs monstrueux. Il n'avait jamais regardé les aigles soulever un jeune Taïgan dans les airs et s'amuser à le laisser tomber encore et encore, jusqu'à ce que son corps ne soit plus qu'une bouillie de chair flasque et gélatineuse. Et il n'avait pas vu non plus les serpents immobiliser un tigre adulte avant de l'avaler vivant. Non. Mika n'avait jamais assisté à toutes ces horreurs et, d'une certaine façon, Bregan l'enviait pour ça.

— Dépêche-toi de terminer ton petit déjeuner. On va être en retard, répondit simplement Bregan avant de ramasser son sac de cours et de se diriger vers la porte.

Tandis que l'immense chariot à dix roues servant à transporter les élèves quittait les terres des tigres en direction de Tedeskah, la seule école des terres neutres fréquentée à la fois par des Yokaïs et des humains, Bregan regardait défiler des murs de pierres, d'anciennes routes et des immenses tas de débris recouverts de verdure. Il n'avait pas connu le temps des hommes, celui d'avant la grande destruction. Il ne savait que ce qu'il avait lu dans de vieux livres d'histoire écrits en anglais, une langue ancienne. Ils racontaient que plusieurs milliers d'années plus tôt, les hommes, alors bien plus nombreux, s'étaient adonnés à de terribles guerres, qu'ils avaient épuisé les ressources de la Terre en détruisant les rivières, les mers, les océans, les forêts et la faune, et que ce faisant ils avaient détruit le monde dans lequel ils vivaient. Bregan ne doutait pas de la véracité de ces récits ; il existait partout, au sein des terres neutres, des vestiges de cette ancienne et terrible civilisation, mais il avait du mal à imaginer ces grandes cités remplies d'immeubles, ces étranges machines qui roulaient, ces appareils qui permettaient de se parler à distance ou même ces grands ponts de métal. Du mal à croire que les hommes aient pu changer à ce point. Du reste, était-ce vraiment le cas ? Oh bien sûr, les humains vivaient à présent dans des cabanes de bois, ils circulaient à pied ou à cheval et leur vie se résumait principalement à cultiver, chasser, faire de l'élevage, tanner les peaux, coudre, broder et apprendre à lire et à écrire, mais leur goût pour le sang et la destruction avait-il disparu pour autant ? Le tigre était loin d'en être certain.

— Eh Bregan, tu m'as l'air bien pensif ! Quelque chose ne va pas ? demanda Cook en s'asseyant sur le siège à côté du sien.

Les cheveux coupés en brosse, Cook, son meilleur ami, avait hérité de sa mère – une tigresse de Malaisie – une peau dorée, des yeux noirs en amande, une structure osseuse délicate et un sourire étincelant qui faisait tourner la tête de toutes les filles. Son comportement paraissait si inoffensif et si sympathique que les humains n'hésitaient pas à le côtoyer sans se douter une seule seconde que Cook était en réalité l'un des plus retors et des plus dangereux prédateurs de son clan.

— Je songeais aux temps anciens, répondit Bregan, les yeux rivés sur la vitre.

— Tu parles du temps des grandes guerres ?

— Oui.

— Drôle d'idée… Alors, comment s'est passée la chasse de Mika ?

Mal, pensa Bregan en soupirant. Il avait passé la soirée de la veille à s'inquiéter pour Maya. Quelle avait été la réaction des loups ? Avaient-ils découvert qu'elle les avait laissés s'échapper, son frère et lui ? Avait-elle été punie ? L'avaient-ils frappée ? Ça ne le regardait pas bien sûr, mais il ne pouvait s'empêcher de culpabiliser à cette idée.

— Ça allait.

— Vraiment ?

— Vraiment.

Cook plissa les yeux. Bregan mentait. L'expression contrariée qu'il avait vue sur son visage quelques secondes plus tôt était assez éloquente pour que Cook soit certain de ne pas se tromper, mais il décida de ne pas insister. Bregan avait un caractère sombre et réservé. Il parlait peu, se confiait rarement et n'affichait jamais ses émotions. C'était peut-être ce qui lui plaisait ou ce qui l'avait d'abord attiré chez lui. Ils étaient aussi différents l'un de l'autre que le noir et le blanc ou le Yin et le Yang.

— J'ai rencard avec Tyna, aujourd'hui, annonça Cook en changeant délibérément de sujet.

Bregan lui jeta un regard surpris.

— La petite blonde de la classe B ?

— Ouaip.

Bregan secoua la tête.

— Pff…

— Quoi ?

— Je ne comprendrai jamais pourquoi tu perds ton temps avec les humaines.

Cook sourit.

— Je les trouve amusantes.

Bregan lui jeta un regard dubitatif. Les humains étaient de la nourriture. Une nourriture interdite mais une nourriture tout de même, et il ne voyait vraiment pas ce qu'il y avait d'amusant à jouer avec un steak.

— Bregan ! Bregan ! lança Mika en descendant les marches du bus.

Bregan, qui lui emboîtait le pas, baissa les yeux vers lui en souriant.

— Quoi ?

— Regarde ! Maya est là ! poursuivit-il en lui montrant le groupe de jeunes loups qui étaient en train de discuter devant la grille de l'école.

Bregan tourna aussitôt la tête vers les Lupaïs et dévisagea Maya. Il ne pouvait pas aller lui parler, bien sûr, mais il était un Yokaï. Et les Yokaïs pouvaient voir à la simple posture de quelqu'un, à sa manière de bouger ou de se comporter, s'il allait bien ou non. Or Maya avait l'air de parfaitement bien se porter. Le Taïgan poussa un énorme soupir de soulagement.

— Dis, tu es sûr que je ne peux pas aller lui dire bonjour quand elle sera seule parce que…

Le sourire de Bregan s'évanouit aussitôt.

— Pas question !!!

— Mais…

Bregan ne lui laissa pas le temps de terminer sa phrase. Soulevant son jeune frère par le col de son blouson, il l'entraîna en courant plusieurs centaines de mètres plus loin, à l'écart des oreilles indiscrètes.

— Arrête ! Tu me fais mal ! gémit Mika.

Mais Bregan s'en moquait. Il fallait que le jeune tigre comprenne que parler de sa rencontre avec Maya risquait de leur créer à tous de gros ennuis.

— Bre… Bregan…, balbutia Mika en levant vers son frère un regard terrifié.

Ses iris étaient pailletés d'argent. Les articulations de ses mains avaient blanchi et son visage était de marbre. Pas de doute : il était vraiment furieux.

— Combien de fois dois-je te le répéter !? Pourquoi ne veux-tu rien entendre !!!? gronda-t-il d'une voix sourde en le secouant.

Des larmes perlèrent aux paupières de Mika.

— Je… je suis désolé…

— Je ne veux plus jamais te voir t'approcher de cette Lupaï ! Jamais !!! Compris ?!!

— Je… je le ferai plus ! Promis ! répondit Mika avant d'exploser en sanglots.

— Je peux savoir ce qu'a fait ce pauvre gosse pour que tu le martyrises à ce point ? Je ne dis pas que je n'aime pas moi aussi torturer ma petite sœur, mais comme maman déteste qu'on abîme nos fringues, j'évite généralement de l'étrangler avec le col de son blouson, plaisanta Cook en surgissant brusquement dans le dos de Bregan.

Ce dernier tourna la tête vers Cook puis vers Mika qui était réellement en train d'étouffer et il le relâcha aussitôt.

— Je suis désolé, Mika… je ne voulais pas…

Son petit frère toussa plusieurs fois et mit quelques longues secondes à reprendre son souffle sous le regard angoissé de Bregan.

— C'est ta faute aussi… Si tu étais plus obéissant… si tu voulais comprendre…

Mais Mika n'avait pas envie de comprendre. Il était choqué et blessé. Pourquoi son grand frère en général si gentil et si patient avec lui était-il devenu tout à coup aussi méchant ?

Qu'avait-il fait de si grave pour que Bregan s'emporte de cette façon ?

— Je ne veux pas ! Je te déteste !

— Mika…

— Je te déteste, je te dis ! Je ne te parlerai plus jamais ! Jamais !!! hurla Mika avant de se mettre à courir en direction de l'école.

Cook le suivit un instant des yeux, puis il pivota vers Bregan :

— T'inquiète, ça va lui passer…

Bregan déglutit.

— J'aurais pu lui faire mal… Si tu n'avais pas été là, j'aurais pu…

— Ne dis pas de bêtises ! Tu ne serais jamais allé jusque-là.

— Qu'est-ce que tu en sais ?

Cook haussa les épaules.

— Je te connais. Mika est la personne que tu aimes le plus au monde, rétorqua-t-il avant d'ajouter avec un clin d'œil : Après moi, bien sûr…

Bregan réprima un sourire. Cook n'était pas seulement son ami ou son garde du corps. Il était son ombre. Son frère de sang. Il avait prêté serment de rester toute sa vie à ses côtés et de le protéger. Et à l'exception de Mika, il était effectivement la personne qui comptait le plus à ses yeux. Mais Bregan n'était pas d'humeur à flatter son ego.

— Bon, fini de rêvasser, il est temps d'y aller ! décréta Cook en lui collant une grande claque dans le dos.

— Recommence et je te fiche une raclée ! répondit Bregan d'un ton menaçant.

Cook lui sourit d'un air condescendant.

— J'en doute…

— Quoi ?

— T'es peut-être le plus costaud, mais moi je suis le plus rapide ! répondit Cook avant de le frapper de nouveau dans le dos et de disparaître comme une fusée.

# 5

En dépit de tous ses efforts, Maya ne parvenait pas à se concentrer sur le cours de monsieur Hater, le mémorateur de poterie. Pas seulement parce qu'elle était encore troublée par les événements qui s'étaient déroulés la veille, mais à cause des nombreux regards que Bregan ne cessait de lui lancer depuis qu'il était entré dans la classe.

— Maya ? Tu ne trouves pas que Bregan est bizarre ? Qu'est-ce qu'il prépare d'après toi ? chuchota Cléa, une jeune louve aux longs cheveux bruns qui était assise près d'elle.

Maya tressaillit et regarda sa meilleure amie.

— Quoi ?

— Il n'arrête pas de te regarder.

— Ah oui ?

Cléa grimaça d'un air pensif.

— Tu crois que c'est parce que tu l'as aidé hier ? Tu crois qu'il t'est reconnaissant de...

— Je ne l'ai pas aidé. J'ai seulement voulu éviter un incident qu'on aurait tous fini par regretter, coupa sèchement Maya.

Cléa haussa les épaules.

— Peut-être, mais tu lui as quand même sauvé la vie, remarqua-t-elle d'un ton espiègle.

— Bregan se fiche pas mal de ce genre de choses.

— Tu veux dire qu'il se moque que tu l'aies aidé ?

Maya réfléchit. En réalité, la personnalité de Bregan était si complexe qu'elle parvenait difficilement à le comprendre ou à deviner ce qu'il pensait vraiment. La seule chose dont elle était certaine le concernant, c'était que la faiblesse ne faisait pas partie des vertus célébrées par les tigres. Chez eux, pour survivre au quotidien, il fallait du courage, de la force, de l'intelligence et du vice.

— Franchement, je n'ai aucune idée de ce qu'il se passe dans sa tête et de toute façon, je n'ai aucune envie de parler de lui, fit-elle en tournant néanmoins instinctivement les yeux vers l'endroit où était assis le Taïgan.

Bregan, croisant son regard, s'assura d'un coup d'œil rapide que les autres élèves étaient occupés à prendre des notes et remua ses lèvres en silence.

— Ça va ?

Maya écarquilla les yeux. Bregan était-il vraiment en train de lui parler ? Ici ? Devant tout le monde ?

— Je suis désolé pour hier.

Maya acquiesça discrètement, puis détourna la tête. Elle s'amusait à lire sur les lèvres depuis qu'elle était enfant. Comment Bregan l'avait-il appris ? C'était un vrai mystère. Mais ce n'était pas ce qui la troublait le plus. Non. Le fait qu'il lui présente ses excuses était bien plus surprenant. Et elle ne savait pas du tout ce qu'elle devait faire ou la manière dont elle devait réagir.

— Maya ? Je n'ai pas halluciné ? Bregan vient bien de te murmurer quelque chose, non ? fit soudain Cléa, les yeux écarquillés.

— Hein ?

— Ne fais pas l'idiote. Ça ne marche pas avec moi. Si jamais quelqu'un vous voit en train de parler et qu'il te dénonce au Conseil, tu n'auras plus le droit de venir à l'école.

— Je le sais. Et ça ne se reproduira plus. Je crois qu'il cherche simplement un moyen de s'excuser de…

— Je sais ce qu'il cherche, l'interrompit Cléa. Il doit probablement se sentir coupable à cause d'hier. Et à juste titre. Si cet imbécile et son crétin de petit frère ne s'étaient pas pointés sur nos terres, tu n'aurais pas eu tous ces ennuis.

— C'était un accident, Cléa.

— Accident ou pas, tu as pris un gros risque en les aidant. Promets-moi de ne plus jamais recommencer, d'accord ?

Maya fixa les grands yeux noirs de son amie et acquiesça.

— Et tiens-toi éloignée de Bregan, ajouta Cléa en soupirant.

Maya fit les yeux ronds.

— Mais évidemment que je vais me tenir éloignée de lui, je ne suis pas dingue !

— Tu dis ça, mais ça fait des années que je vous observe tous les deux... Vous êtes comme des aimants... Vos regards sont... Je ne sais pas, c'est comme s'il y avait un truc entre vous.

— Tu divagues !

— Ah oui ? Alors pose-toi la question : qu'aurais-tu fait si un autre Yokaï avait pénétré sur notre territoire, hein ? Si ça n'avait pas été Bregan, mais un aigle ou un serpent ? Les aurais-tu laissés s'enfuir eux aussi ?

Maya ouvrit la bouche, les paroles de Cléa résonnant dans son crâne. Elle mourait d'envie de répondre par la négative, de rétorquer à sa meilleure amie qu'elle se trompait et qu'elle aurait agi exactement de la même façon s'il s'était agi d'un autre Yokaï, seulement voilà : elle ne pouvait pas. Et ça, pour deux raisons : d'abord parce que Cléa paraissait si certaine de ce qu'elle affirmait qu'elle n'aurait probablement pas cru à ses dénégations, et ensuite parce que Maya n'avait pas suffisamment réfléchi à cette question pour pouvoir y répondre honnêtement. Qu'aurait-elle fait si elle s'était retrouvée face à un autre que Bregan dans cette forêt ? Aurait-elle pris la même décision ? Elle n'en avait aucune idée et, de toute façon, elle n'avait clairement pas envie d'y songer.

— Franchement, je n'en sais rien et je m'en moque. Satisfaite ? grogna Maya.

— Non, mais je m'en contenterai, répondit Cléa en soupirant avant d'ajouter cette fois d'un ton léger : Balmus m'a demandé si je voulais sortir avec lui…

Maya fronça les sourcils. Balmus était un grand gaillard de 18 ans au sourire un peu idiot.

— Qu'est-ce que tu lui as répondu ?

— Oui.

— Tu es folle ?

— Je ne risque pas de tomber amoureuse de ce type, donc pourquoi veux-tu que je refuse ? Je peux m'amuser un peu, non ?

Dans la meute, il y avait bien plus de garçons que de filles. Il appartenait donc à ces dernières de choisir. En contrepartie, quand elles tombaient amoureuses, c'était pour la vie. Or Cléa n'avait pour l'instant aucune envie de se caser. Elle voulait être libre. Libre de vivre sans compagnon. Libre d'agir comme elle l'entendait.

— Tu vas lui briser le cœur, fit Maya en regardant son amie de haut en bas.

Une silhouette fine mais dotée de jolies courbes, des cheveux longs et épais, des beaux yeux expressifs, un sourire enjoué, Cléa était ravissante.

— Il s'en remettra, rétorqua Cléa d'un air indifférent. Et toi ? Quand est-ce que tu vas enfin songer à te distraire un peu ?

— Me distraire ?

— Oui. Par exemple, on pourrait aller se balader à Gallatorn le mois prochain, suggéra Cléa avec des étincelles dans les yeux.

Il existait trois villes dans les terres neutres, d'environ cinq mille habitants chacune : Gallatorn, Havengard et Parpari. Toutes construites en pierre ou en bois. Et toutes entourées de nombreux villages. Des trois, Gallatorn était celle qui possédait le plus de vestiges des anciens temps et aussi, fait non négligeable pour Cléa, le plus d'échoppes. Les humains y grouillaient comme des fourmis dans leur nid.

— Cléa, on n'a pas le droit de se promener en dehors de l'enceinte de l'école. Même nos trajets sont surveillés.

Le traité de paix interdisait aux Yokaïs de circuler librement sur les terres neutres afin de préserver la sécurité et l'autonomie des humains. Des ordonateurs géraient le quotidien des habitants ; ceux-ci avaient leurs commerces, leurs villes, leurs villages et leur propre service d'ordre. En échange, les représentants veillaient à ce que leurs congénères respectent les diverses obligations que les Yokaïs leur avaient imposées.

— Je sais mais j'ai besoin d'étoffes…

Maya lui jeta un regard soupçonneux.

— Ne me dis pas que tu veux te confectionner une nouvelle tenue ?

Cléa fit une adorable petite moue.

— Une femme n'a jamais assez de vêtements, tu le saurais si tu en étais une, une vraie, s'entend… Alors, c'est d'accord ?

— Tu sais ce qu'on risque si quelqu'un nous reconnaît ?

— Oui, on sera punies, mais pourquoi veux-tu que quelqu'un nous reconnaisse ?

Gallatorn est la ville la plus éloignée d'ici. Il n'y aura personne de l'école là-bas.

— Tu oublies ça, fit Maya en posant sa main sur son crâne. Avec mes cheveux blancs, ils devineront tout de suite que je ne suis pas comme eux.

Cléa haussa les épaules.

— Tu les attaches, tu mets un foulard et le tour est joué. Allez… s'il te plaît…

Maya leva les yeux au ciel.

— D'accord, mais je ne comprends pas pourquoi tu préfères gâcher ton temps libre chez les bipèdes plutôt que d'aller jouer avec la meute dans les bois.

— Parce je ne suis pas comme toi et que je pense qu'il y a autre chose que courir, chasser et chahuter dans la vie.

Quelque chose de mieux que d'échanger des coups de truffe, de faire des culbutes, de se mordiller derrière les broussailles et de courir à travers des centaines d'hectares de forêts peuplées de cerfs et de lapins ? Là, honnêtement, Maya en doutait.

— Hum…

— Quoi ?

— Parfois je me demande si tu n'es pas trop humaine pour moi.

Cléa sourit.

— Tu cherches à me blesser ?

Maya lui retourna son sourire.

— C'est toi qui as commencé.

# 6

Assise sur une branche, Nel observait le garçon aux cheveux châtains, au visage rond et aux grosses joues pleines avec curiosité. Le petit Taïgan était arrivé en courant dans la forêt qui longeait l'école, hurlant et frappant du pied tous les obstacles qui se trouvaient sur sa route. Troncs d'arbre et pierres compris. Puis il s'était effondré au pied de l'arbre où elle était perchée et avait bruyamment éclaté en sanglots.

— Je te préférais en colère, au moins, tu étais amusant à regarder, déclara-t-elle au bout d'un moment en atterrissant souplement sur le sol.

Mika, surpris, leva immédiatement la tête vers la petite fille blonde aux grands yeux expressifs et perçants qui le dévisageait, un sourire amusé au coin des lèvres.

— Ben moi je ne trouve pas ça drôle, ronchonna-t-il en essuyant les larmes qui coulaient sur ses joues.

— Ah non ?

— Non. Et pis c'est pas gentil de te moquer de moi.

Une lueur taquine traversa les yeux noirs de Nel.

— Ça tombe bien, je ne suis pas gentille.

— Ah non ?

Elle secoua la tête et répondit cette fois le plus sérieusement du monde :

— Non.

— Ben tu t'entendrais drôlement bien avec mon frère, lui non plus n'est pas gentil, lâcha Mika d'un ton plein de rancune.

Nel opina.

— Les frères le sont rarement.

Mika poussa un soupir à fendre l'âme, puis il prit un paquet de mouchoirs dans l'une des poches de son sac à dos et se moucha bruyamment. Une fois son nez débouché, il sentit une étrange odeur envahir ses narines.

— Tu… tu sens l'oiseau…

— Vraiment ? fit-elle en le dévisageant avec un sourire ironique.

Mika hocha vigoureusement la tête sans réaliser qu'elle se moquait gentiment de lui.

— Oui.

Elle haussa un sourcil.

— Et c'est bien ?

— Oh oui, mais ça donne faim !

Nel le dévisagea un instant pour voir s'il plaisantait, mais, réalisant qu'il n'en était rien, elle éclata de rire.

— Quoi ? Qu'est-ce que j'ai dit ?

— Rien… rien… Tu as quel âge ? demanda-t-elle en essayant de reprendre son sérieux.

— 6 ans et demi !

Elle hocha la tête.

— Voilà qui explique tout.

— Eh ! Je ne suis pas un bébé !

— Je n'ai pas dit que tu en étais un. Moi, j'ai 12 ans, fit-elle en s'asseyant dans l'herbe.

Il regarda sa robe noire à collerette et ses chaussures vernies, puis, après l'avoir jaugée, haussa doucement les épaules.

— Ben c'est pas très grand non plus.

— Peut-être pas, non…

— Tu t'appelles comment ?

— Naelle, mais tout le monde m'appelle Nel. Et toi ?

— Mika. Dis, t'as combien d'oiseaux ? Je connais une fille dans ma classe, elle a deux canaris et aussi un perroquet !

— C'est une humaine ?

— Ben oui…, répondit-il comme si c'était une évidence.

Elle se rembrunit.

— Je vois.

— Quoi ?

— Rien. Seulement je n'aime pas beaucoup les humains.

Mika la regarda sans comprendre. Les humains aimaient bien les humains en général. Oh bien sûr, ils ne s'entendaient pas tous entre eux et il lui était déjà arrivé d'entendre de grosses disputes comme celle qui avait opposé sa maîtresse à monsieur Henry, l'un des hommes de ménage de l'école, quand elle l'avait surpris à jeter ses craies, mais…

— Je trouve ça bizarre.

— Quoi ?

— Ben que t'aimes pas les humains.

Elle poussa un profond soupir.

— Je sais que tu es encore petit, mais je me demande vraiment à quoi servent tes anciens si tu n'es même pas capable de reconnaître un Yokaï lorsque tu en vois un.

— Si, j'en suis capable ! répondit-il vexé.

— Ah oui ? Alors je fais partie de quel clan, d'après toi ?

— Quoi ?

Elle plissa les yeux et répéta avec l'intonation d'une maîtresse d'école interrogeant l'un de ses élèves :

— À quel clan j'appartiens ?

Une lueur de compréhension s'alluma dans le regard de Mika tandis qu'il la dévisageait soudain d'un air surpris.

— Euh…, fit-il en se rapprochant légèrement d'elle pour renifler son odeur.

Il n'était pas rare que les humains portent les odeurs de leurs animaux domestiques sur eux. Certains sentaient le chien, d'autres le chat, d'autres encore le hamster. Elle, elle sentait l'oiseau, et seulement l'oiseau.

— T'es une Rapaï ? devina-t-il.

— Enfin ! Tu as trouvé ! C'est pas trop tôt ! répondit-elle d'un ton moqueur.

Mika se renfrogna.

— Eh ! C'est pas ma faute, j'avais le nez bouché ! Et pis, je n'avais jamais senti de Rapaï avant !

Elle écarquilla les yeux.

— Jamais ?

Il secoua la tête.

— Ben non, vous êtes tout le temps en train de voler, et pis y'en a pas dans ma classe ! répondit-il, dépité.

Nel réfléchit. On était en début d'année, Mika venait probablement à peine d'intégrer l'école. Et il avait raison sur un point : les aigles passaient bien plus de temps dans les airs que sur terre.

— C'est normal, nous ne sommes que six Rapaïs à fréquenter cette école et je suis la plus jeune, expliqua-t-elle.

— Ben dis donc, six, ça fait pas beaucoup, commenta Mika.

— C'est parce que les autres préfèrent rester dans la montagne pour voler avec leurs parents.

Mika lui jeta un regard étonné.

— Et toi non ?

— Oh si ! Si je pouvais, je rentrerais tout de suite chez moi.

— Qu'est-ce qui t'en empêche ?

— Maman. Elle dit qu'on est obligés de venir ici à cause du pacte avec les humains et que c'est en vivant ensemble qu'on pourra préserver la paix.

Mika soupira.

— La mienne dit la même chose.

Ils restèrent à se regarder quelques instants puis s'esclaffèrent.

— Dis, je pourrais te demander un truc ? demanda Mika.

— Quoi ?

— Pourquoi n'es-tu pas allée en classe ? T'es malade ?

— En quelque sorte…

Mika ne dit rien mais lui lança un regard interrogateur auquel elle répondit par un soupir.

— Les Rapaïs supportent difficilement d'être enfermés. Pour nous, c'est comme se retrouver en prison… Parfois on étouffe tellement qu'on n'arrive plus à respirer.

Mika grimaça.

— C'est horrible !

Nel haussa les épaules.

— On est comme ça… On a besoin d'être libres et on ne se sent bien que lorsque l'on plane dans les hauteurs.

— Alors comment est-ce vous faites pour aller à l'école et pour… enfin…

Une lueur énigmatique s'alluma dans le regard de la fillette.

— « Le rossignol chante à pleine voix comme s'il ne voyait pas les grilles de sa cage ».

— Je ne comprends pas.

Nel planta ses yeux dans ceux de Mika et répondit avec un gentil sourire :

— Un jour, tu comprendras.

Mika réfléchit quelques instants puis déclara, d'un ton sérieux :

— Je crois que j'aimerais beaucoup être un aigle.

Il inspira profondément puis ajouta, cette fois en souriant :

— Dis, Nel, tu ne voudrais pas me montrer tes ailes ?

Elle écarquilla les yeux.

— Quoi ? Maintenant ?

— Oui.

Elle prit une seconde de réflexion. « Changer » sur les terres neutres était interdit. Et elle risquait de se faire gravement réprimander si elle se faisait attraper. Mais elle devait bien admettre que l'idée de pouvoir voler et de retrouver la sensation grisante du vent et de la chaleur du soleil sur ses plumes était incroyablement tentante.

Nel grimaça, un peu hésitante.

— Je ne sais pas trop…

— De quoi t'as peur ? Moi aussi je peux changer si je veux… Tu veux voir comment je fais ? l'encouragea Mika avec enthousiasme.

— Tu ne crains pas que quelqu'un nous voie ?

Mika lui jeta un regard étonné.

— Pourquoi on nous verrait ? On est tout seuls ici.

Nel sentit soudain son ventre gronder. Ce que préféraient les aigles, à part voler en altitude, c'était avoir une vue dégagée sur une prairie ou une clairière pleine de souris, de rats, de musaraignes et de campagnols trottant un peu partout. Comme aujourd'hui. Mais évidemment, il n'était pas question de les chasser sous cette forme. Pour une raison étrange, l'estomac humain ne prisait pas vraiment ce genre de nourriture.

— Très bien, tu voulais voir un Rapaï de près ? Parfait, alors écarte-toi, petit Taïgan, et regarde, fit-elle en le scrutant d'un regard si pénétrant que Mika baissa aussitôt les yeux.

Elle se dévêtit rapidement tandis que son corps exsudait une énergie équivalente à celle d'un courant à basse tension. Une intense chaleur se répandit autour d'elle, sa peau se mit à céder. Ses bras s'allongèrent de plusieurs mètres et se couvrirent de plumes brunes. Ses jambes grandirent et se transformèrent en pattes gigantesques. Son joli visage enfantin disparut et laissa place à un énorme bec et à deux grands yeux ronds et noirs comme la nuit.

— Wouah ! Tu es incroyable ! s'écria Mika impressionné. Je suis sûr que tu pourrais porter au moins quatre grands sur ton dos !

Quatre ? C'est un peu beaucoup, songea Nel, amusée. Mais elle était grande et forte, ça, elle pouvait difficilement le nier. De tous les Yokaïs, les Rapaïs étaient les plus impressionnants. Pas seulement parce qu'ils étaient plus liés au ciel qu'à la terre et qu'ils étaient les plus grands prédateurs ailés de la planète, mais parce qu'ils n'étaient pas de simples visiteurs dans ce monde, mais une véritable partie de celui-ci. Les regarder voler était aussi naturel que de regarder les nuages ou le soleil.

— Dis ? Une fois que tu seras allée chasser, tu crois que tu pourrais m'emmener ? Je voudrais voir une fois, rien qu'une fois, comment est le monde de là-haut, demanda Mika d'un ton suppliant.

Nel courba le cou vers lui. Emmener le petit Taïgan était une très mauvaise idée. Elle en était consciente. Mais il y avait une telle supplique dans les yeux de l'enfant qu'elle sentit son cœur se serrer. Bah… quel risque y a-t-il après tout ? se dit-elle. Il est léger et ne pèsera pas plus entre mes griffes qu'un petit chiot.

— Je peux ? Tu es sûre ? demanda-t-il le regard brillant tandis qu'elle acquiesçait doucement. Oh Nel ! T'es trop gentille !

# 7

Maya était assise sur l'un des gradins qui surplombaient l'immense arène de bois construite pour étudier les anciennes pratiques sportives. Vêtue d'un pantalon souple et d'une large chemise, elle observait Wan, le prince des serpents, tandis qu'il luttait avec un humain grand et massif, sur un sol couvert de sable. La louve, tout comme les autres élèves, ne se faisait aucune illusion et l'issue du combat ne laissait aucun doute dans leur esprit : Wan allait terrasser le colosse. Il prenait simplement son temps et s'amusait avec lui à la manière d'un chat jouant avec une souris.

— Quelle tête de nœud ce mec ! Je le décapiterais bien d'un coup de crocs… Pas toi ? ricana Morwin en la regardant.

Maya esquissa un rictus.

— Non, moi je ne livre que les combats que je peux gagner.

Le loup jeta un regard étonné à Maya.

— Tu crois qu'il est meilleur que toi ?

Elle planta ses yeux dans les siens et répondit très sérieusement :

— Je ne le « crois » pas. Je le sais.

La louve avait eu beau espionner Wan durant des années, elle ne lui avait pas trouvé le moindre point faible. Il se déplaçait à une vitesse vertigineuse et son corps mince mais solidement bâti était incroyablement souple et ses mouvements étaient si rapides qu'il était difficile de les discerner avec précision. Bref, le Serpaï était une véritable anguille. Une anguille dotée d'une célérité et d'un venin mortels.

Morwin lui jeta un regard méprisant.

— Si tu ne te sens pas à la hauteur, pourquoi est-ce que tu ne laisserais pas ta place à un homme ? Un vrai ?

Maya se tourna vers lui et lui demanda d'une voix coupante comme une lame de couteau :

— Tu es vraiment certain de vouloir recommencer à jouer à ce jeu-là ?

— Tu m'as battu hier, je l'admets. Mais ça ne veut pas dire qu'il en sera toujours ainsi.

Maya eut la délicatesse de ne pas répondre. Tout têtu qu'il était, Morwin allait forcément devoir un jour se rendre à l'évidence : les jeux étaient faits. Elle était plus forte, plus rapide et plus dominante que lui. Et ni le temps ni l'entraînement ne pourraient jamais rien y changer.

— Allez, Morwin, tu ne vas pas recommencer, hein ? lança Cléa.

— Recommencer quoi ?

Cléa leva les yeux au ciel.

— Recommencer à embêter Maya. Si tu continues, elle va finir par t'arracher la gorge, c'est vraiment ce que tu veux ?

— Elle m'a eu par surprise, d'accord ? Et en plus on était sous forme humaine, ça ne veut rien dire ! rétorqua-t-il avec une parfaite mauvaise foi.

— Dites, vous ne voudriez pas vous taire et vous concentrer un peu sur le combat ? soupira Maya d'un ton las.

— Pour quoi faire ? répondit Cléa en secouant sa longue tignasse brune. Tout le monde sait que Bregan est le plus fort et Wan le plus rapide d'entre nous, et que l'un et l'autre pourraient mettre à terre une vingtaine d'humains en moins de deux secondes.

Maya réfléchit. Le tigre était le plus impressionnant. Il pouvait briser un mur de briques d'un coup de poing ou massacrer une vingtaine d'hommes en l'espace d'un battement de cils, mais le serpent était de loin celui qu'elle redoutait le plus.

— Quelqu'un m'a dit il n'y a pas très longtemps qu'observer ses ennemis n'est jamais une perte de temps, répondit-elle en lançant un regard discret en direction de Bregan.

— Maya ! Maya, regarde ça ! s'écria tout à coup Cléa en lui donnant un coup de coude.

Maya reporta immédiatement son attention sur le combat. Le colosse humain, agacé par les différentes esquives de Wan, avait perdu son sang-froid. Il s'était rué sur le Serpaï et faisait pleuvoir sur lui une série de coups de poing et de coups de pied sans qu'aucun d'eux n'atteigne leur but. À chaque fois, les mains et les jambes de Wan parvenaient miraculeusement à les parer.

Maya grimaça.

— C'est quoi son problème ? Pourquoi fait-il traîner les choses comme ça ?

Cléa sourit.

— Je ne sais pas. Il a peut-être envie de faire croire aux mémorateurs qu'on est moins dangereux qu'ils ne l'imaginent…

Maya haussa un sourcil d'un air dubitatif. Les humains redoutaient les Yokaïs. Et le pacte garantissant la paix entre l'espèce humaine et et celle des métamorphes conclue plusieurs décennies plus tôt n'avait jamais changé cet état de fait : ils ne leurs faisaient pas confiance.

— T'es sérieuse, là ?

Cléa grimaça, un peu vexée.

— Ben quoi ? On va dans la même école qu'eux, on étudie ensemble, on parle ensemble, on…

— Mais ils ont quand même la trouille. Je le sens à leur odeur. Ils puent la peur, remarqua Maya.

Et pour cause, songea-t-elle, nous les avons parqués, privés d'un grand nombre de libertés et chaque fois qu'ils se sont révoltés, nous les avons exterminés.

— Pas tous, fit-elle en lui montrant du doigt les deux adolescentes assises près de Cook.

Elles souriaient au tigre et battaient ridiculement des cils.

— Ces deux filles sont des idiotes.

— Pourquoi ? Elles le trouvent peut-être à leur goût.

— Cook est un psychopathe.

— Tu dis ça parce que c'est un tigre ?

— Non, je le dis parce que c'est vraiment un psychopathe.

Cléa se mordilla les lèvres.

— Ah ouais ?

Maya leva les yeux au ciel. Une chose était sûre : Cléa aurait dû observer Cook davantage.

— Eh, nous aussi on voudrait bien s'amuser un peu, rampant ! Abrège, tu veux ! hurla tout à coup Morwin au serpent en se levant de son siège.

Les yeux mauves de Wan se posèrent aussitôt sur le loup et une expression menaçante s'afficha sur son visage. Wan était d'une grâce et d'une beauté fascinantes, certaines filles le qualifiaient même de « gueule d'ange », mais son arrogance, ses sarcasmes, sa dureté et son extrême condescendance leur faisaient rapidement abandonner toute envie de s'attarder sur ses cheveux noirs, sa peau mate ou ses magnifiques yeux mauves.

— Morwin, pose tes fesses sur ce siège et ferme-la ! gronda Maya avec autorité.

Dans un combat, ce genre de perturbation pouvait conduire à deux choses : l'adversaire du Serpaï pouvait soit tirer avantage de ce moment de distraction pour le sonner, soit en profiter pour récupérer son souffle. Mais malheureusement pour l'humain, il n'eut le temps d'opter ni pour l'une ni pour l'autre.

— Mais qu'est-ce qu'il… ? Waouh !!!! s'exclama Cléa en regardant, les yeux écarquillés, le colosse étendu sur le sable. Tu l'as vu le frapper ? Tu l'as vu ? Moi j'ai rien vu !

— Mince ! C'était quoi ça ? lança Morwin en regardant Maya.

Maya ne répondit pas et fit simplement :

— Recule.

— Quoi ?

— Je t'ai dit de reculer et de te planquer derrière moi, lâcha-t-elle d'un ton glacial tandis qu'elle regardait Wan sauter agilement la barrière et grimper quatre à quatre les marches des escaliers en bois qui menaient jusqu'à eux.

Les yeux du serpent étaient rivés sur Morwin et lançaient des éclairs. Le loup fronça les sourcils.

— Qu'est-ce qu'il me veut, lui ?

— Alors, loup, tu as toujours envie de t'amuser ? demanda Wan d'une voix coupante comme la glace.

Morwin s'avançait pour répondre lorsque Maya agrippa brutalement sa ceinture et le tira violemment en arrière. Le Lupaï avait enfreint le règlement. Non seulement il avait parlé au serpent, mais il l'avait insulté en le traitant de « rampant ». Autrement dit, il s'était comporté de façon stupide. Mais il n'était pas question de laisser Wan le tuer pour autant.

— Wan, tu ne devrais pas être ici, remarqua-t-elle durement.

Le serpent leva les yeux vers elle d'un air surpris avant de se mettre étrangement à sourire.

— Ah non ?

Le visage de Maya resta de marbre.

— Tu n'en as pas le droit et tu le sais.

— Ce n'est pas moi qui ai commencé, fit-il en avançant d'un pas vers le Lupaï.

Maya ne portait pas le loup dans son cœur, mais Morwin était l'un des siens, et, en tant que louve dominante, elle n'avait d'autre choix que de s'interposer. Son instinct et tout son être l'y contraignaient.

— Morwin a eu tort et il sera puni comme il se doit.

Wan haussa un sourcil.

— Par qui ? Toi ?

— Exact.

— C'est moi l'offensé, c'est donc à moi de m'en charger.

— Ça, c'est hors de question !

— Tu crois pouvoir m'en empêcher ?

Maya inspira profondément. Se battre avec le serpent était une très, très, très mauvaise idée. Les mémorateurs n'autorisaient ni les rixes entre Yokaïs, ni les confrontations d'aucune sorte. À la moindre infraction au règlement, les élèves concernés étaient immédiatement frappés d'exclusion. Maya en était consciente, mais la dangereuse lumière qui s'était allumée dans les yeux de Wan lui laissait clairement entendre qu'elle risquait de ne pas avoir le choix.

— Tu connais la loi : quiconque enfreint le règlement doit être châtié par un ou plusieurs membres de son clan. Morwin est un Lupaï. Autrement dit, tu n'as ni le droit de porter la main sur lui, ni celui de le punir.

Le serpent la fixa avec un sourire sarcastique.

— Oh moi tu sais, les lois…

Bregan observait fixement la scène qui se déroulait à une dizaine de mètres de lui d'un air contrarié. La tension entre le serpent et la louve était palpable et grimpait de seconde en seconde. Les membres des clans Lupaï et Serpaï étaient en train de se ranger peu à peu derrière leurs leaders respectifs et la situation était visiblement sur le point de dégénérer.

Cook, qui se tenait en contrebas, rejoignit Bregan en quelques bonds.

— Que se passe-t-il ?

— Aucune idée, répondit le tigre sans quitter Maya et Wan des yeux.

Les cheveux noirs du serpent et sa peau mate contrastaient de manière étonnante avec les longs cheveux blancs et le teint pâle de Maya. Un peu comme si le jour côtoyait la nuit ou la lune le soleil. Ou qu'un ange faisait face à un démon.

— Je parie sur les reptiles, gronda Bruce, un grand humain aux cheveux gras et au ventre enrobé qui se tenait deux rangées au-dessus d'eux.

— Pari tenu ! fit une autre fille brune assise à côté de lui.

Cook se mit à rire.

— Du moment qu'ils s'entre-tuent, moi, tout me va !

N'y tenant plus, Bregan se leva brusquement.

— Pas question.

— Qu'est-ce que tu fais ? fit Cook en l'agrippant par le bras.

— Je ne peux pas le laisser lui faire de mal, répondit Bregan en se libérant d'un vif mouvement d'épaules.

Cook écarquilla les yeux.

— Laisser « qui » faire de mal à « qui » ? Qu'est-ce que… ?

Mais Bregan n'avait pas l'intention de perdre son temps à discuter avec Cook. Il connaissait suffisamment Wan pour savoir que le Serpaï n'aurait aucune hésitation à tuer Maya si cette dernière s'entêtait à le provoquer.

— Laisse-moi ton loup juste une seconde, d'accord ? Ce ne sera pas trop terrible, un petit coup ou une petite claque par-ci par-là tout au plus… Rien de bien méchant, tu verras…, suggéra Wan avec un sourire qui faisait froid dans le dos.

Maya lui jeta un regard glacial.

— Qu'est-ce que tu cherches, Wan ? Tu tiens vraiment à ce qu'on se batte ici ?

— Qui a parlé de se battre, princesse ? On discute, c'est tout…

La louve soutint son regard. Le Serpaï était visiblement décidé à mettre sa patience à l'épreuve.

— Discuter aussi est interdit.

Il pencha la tête si près de la gorge de Maya que plusieurs grondements de loups se firent soudain entendre.

— Alors ce sera notre petit secret, susurra-t-il en les ignorant stoïquement.

— Wan, si je vois encore ta langue fourchue s'approcher de son cou, je t'arrache la tête, intervint soudain Bregan en le poussant violemment.

Le Serpaï, surpris, se rattrapa de justesse avant de tomber et leva vers le Taïgan un regard étonné.

— Toi ? fit Wan en le regardant d'un air surpris. Mais qu'est-ce que...

— Ne te mêle pas de ça, Bregan ! Je suis assez grande pour me défendre ! lança Maya d'un ton furibond en le fusillant du regard.

Mais le tigre l'ignora et plongea ses yeux dans ceux du serpent.

— Je ne te le répéterai pas deux fois : tu la touches, t'es mort, compris ?

Wan regarda Maya puis Bregan tour à tour et ses lèvres s'ourlèrent en un sourire narquois.

— J'ignorais que vous étiez aussi proches, la louve et toi.

— Qu'est-ce que tu racontes ? se récria Maya en rougissant. Nous ne sommes pas...

Bregan leva la main pour la faire taire, puis se pencha vers le serpent.

— Ne fais pas l'imbécile, tu sais parfaitement que je me moque de ce qu'il peut arriver à cette Lupaï, mentit-il. Si tu veux la tuer, tue-la… mais pas ici.

— Pas « ici » ?

Bregan fronça les sourcils.

— Aucun conflit, aucune bataille ne se peut se dérouler en terres neutres.

Une lueur de compréhension traversa le regard du Serpaï.

— Quoi ? C'est à cause des humains ? C'est ça le problème ?

— Nous avons signé un pacte avec les hommes et nous nous devons de le respecter, déclara Bregan d'un ton si grave et si formel que Wan haussa les sourcils.

— Je ne te savais pas si à cheval sur les principes.

Le tigre eut un sourire affable qui n'atteignit cependant pas ses yeux.

— Que veux-tu que je te dise ? Je suis un garçon surprenant.

Wan examina la Lupaï et le Taïgan tout en évaluant froidement ses chances : Bregan pouvait soulever un mammouth d'une seule patte (si celui-ci ne se débattait pas trop) et ses crocs étaient suffisamment longs et acérés pour percer une armure de métal. Quant à la louve, elle était rapide, coriace et maligne. Il se sentait tout à fait capable de les affronter un à un, mais les combattre ensemble était tout bonnement impossible et relevait pratiquement du suicide.

Wan esquissa un rictus.

— Et moi qui m'imaginais naïvement qu'un peu d'action pourrait te distraire…

Bregan s'apprêtait à répliquer lorsque quelqu'un se mit soudain à hurler.

— QUE FAITES-VOUS DONC TOUS LÀ-HAUT !!!!? QUE SE PASSE-T-IL !!!?

Tous les Yokaïs présents se tournèrent immédiatement vers Ewin Dantsky, le mémorateur des anciennes pratiques sportives, un grand humain athlétique aux cheveux courts et bouclés. Il remontait rapidement les marches des escaliers.

— Je vous préviens, déclara-t-il en les rejoignant, s'il y a le moindre grabuge…

Wan inspira profondément avant de se tourner vers lui en souriant.

— Du grabuge ? Voyons, mémorateur, qu'allez-vous donc imaginer ? Nous étions en train de parler de choses et d'autres et…

— De choses et d'autres, mon œil ! Vous me prenez pour un imbécile !!!? s'égosilla-t-il. Vous croyez que j'ignore que vous êtes une bande de sauvages ? Vous pensez que vous pouvez me leurrer ?

Wan afficha un air si innocent que Maya dut réprimer un sourire.

— Oh voyons, mémorateur, nous ne...

— Taisez-vous ! Vous avez de la chance, votre adversaire a repris conscience, gronda-t-il en pointant du doigt le colosse qui était toujours allongé sur le sol, mais je vous le dis tout net : si ce type d'incident se produit à nouveau...

— Kevin a repris conscience ? s'exclama Wan d'un ton faussement joyeux. Alors ça c'est une bonne nouvelle, justement je me demandais si...

— Je vous ai dit de vous taire, espèce de monstre !!!! Si ça ne tenait qu'à moi, vous ne seriez pas ici ! Non, jamais ! Alors faites profil bas ou je m'arrange pour qu'on vous fiche tous à la porte !

L'expression de dégoût qui venait de traverser son visage était assez intense pour faire comprendre aux loups et aux serpents ce que le mémorateur pensait d'eux : il les exécrait, il les méprisait tous sans exception. Pas parce qu'ils étaient insolents ou mauvais élèves, mais parce qu'ils étaient des Yokaïs. Et que ce fait suffisait à lui seul à justifier la haine qu'il éprouvait.

— C'est clair ? ajouta-t-il.

Wan et Maya échangèrent un regard lourd de signification. Ils se détestaient, mais la colère qu'ils éprouvaient quelques instants plus tôt, l'un envers l'autre, n'était rien à côté de celle qu'ils ressentaient à présent envers l'humain qui se permettait de leur cracher son mépris au visage.

— Très clair, mémorateur, répondit Wan avec un étrange sourire qui faisait froid dans le dos.

Monsieur Dantsky afficha un air satisfait et se tourna ensuite vers Maya qui hocha froidement la tête.

— C'est clair.

Quelques secondes plus tard, tous les élèves qui se trouvaient dans le bâtiment se dirigèrent soit vers les bacs et la salle d'eau pour se rafraîchir, soit vers la sortie. Wan, qui s'était empressé de se rhabiller et de récupérer son sac à dos, rattrapa Maya au moment où elle franchissait la porte.

— Je ne suis pas voyant mais je te prédis que Dantsky va bientôt disparaître..., chuchota-t-il alors qu'il la dépassait.

En d'autres termes, Wan avait la ferme intention de tuer le mémorateur. Et Maya n'en était pas surprise. Les serpents étaient les plus perfides et les plus dangereux des Yokaïs. Ils n'avaient ni la notion du bien ni celle du mal, seulement leur propre code de conduite et une manière bien personnelle de voir les choses. La vie humaine n'avait aucune valeur à leurs yeux. Et celle d'un homme aussi étriqué, intolérant et stupide que Dantsky en avait encore moins que les autres.

Accélérant le pas, Maya le rattrapa à son tour et, une fois à sa hauteur, murmura :

— Je ne suis pas voyante, mais je peux d'ores et déjà te prédire que cette nouvelle ne me brisera pas le cœur.

# 8

— Ravale ta colère, je peux la sentir d'ici, ordonna Bregan à Cook tandis qu'ils traversaient la cour de l'école pour rejoindre leur salle de classe située dans le bâtiment principal.

Cook serra les poings tout en lui lançant un regard assassin.

— Suis-moi.

— Quoi ?

— Suis-moi, je dois te parler, gronda Cook, les yeux luisant de fureur.

Bregan acquiesça et le suivit jusqu'au fond de la cour.

— Si c'est à propos de ce qu'il vient de se passer avec Wan et Maya, je n'ai pas…

Mais Cook ne le laissa pas terminer sa phrase et cracha d'un ton hargneux :

— Qu'est-ce qu'il t'a pris ? Ils allaient se battre ! On allait pouvoir enfin se débarrasser une bonne fois pour toutes des rampants et des canidés qui polluent l'air de l'école, et tu fiches tout par terre ?

Bregan le regarda d'un air stoïque.

— J'avais mes raisons.

— Tes raisons ? Mais on se fout de tes raisons ! Ils allaient se battre, Bregan ! Ils allaient se massacrer entre eux et nous, nous, on n'aurait plus eu qu'à ramasser les morceaux !

Le prince tigre haussa un sourcil.

— Et après ?

— Quoi, après ?

— Tu crois que ce conflit en serait resté là ?

Cook esquissa un rictus. Si Wan avait tué Maya, les loups et les serpents seraient immédiatement entrés en guerre. Il y aurait eu des morts et de nombreux affrontements. Et

Lupaïs et Serpaïs en seraient sortis considérablement affaiblis.

— Non, mais ce n'est pas notre problème.

— Tu as tort. Si l'histoire des Yokaïs m'a bien appris quelque chose, c'est que toutes nos guerres sont contagieuses.

— Et alors quoi ? Tu as peur de te battre ?

— Ne sois pas stupide.

Cook fixa longuement le visage de Bregan comme s'il s'efforçait d'y lire quelque chose.

— Qu'est-ce que tu caches exactement ? Pourquoi as-tu pris la défense de la louve ?

— Il ne s'agit pas d'elle, ni de Wan, ni de toi ou de moi. C'est une question d'honneur. Les Yokaïs se sont engagés à ne jamais se livrer bataille sur le territoire des hommes...

Cook avança d'un pas et planta ses yeux dans ceux de Bregan.

— Et c'est toi qui dis ça ? Combien de fois as-tu enfreint ce pacte, Bregan ? Combien de types as-tu déjà battus et laissés sur le carreau depuis que tu es dans cette école ? Dix ? Vingt ? Trente ?

— Quelques-uns, mais ça n'avait rien à voir. Là, il s'agissait de Wan et de Maya, les héritiers des Serpaïs et des Lupaïs. Si l'un d'entre eux avait été blessé ou tué, la situation aurait salement dégénéré et je n'avais aucune envie de voir ça…

Bregan avait l'air sincère et n'importe qui d'autre que Cook l'aurait probablement cru sur-le-champ, mais Cook n'était pas n'importe qui…

— Quoi ? Tu veux dire que tu as agi par pur altruisme ? Tu te fous de moi ? Le Bregan que je connais ne serait jamais intervenu dans un conflit entre deux autres clans, non, le Bregan que je connais se serait tranquillement assis dans un coin pour profiter du spectacle.

Cook avait partiellement raison : en temps normal, Bregan se serait réjoui de voir ses ennemis s'entre-tuer. Mais ce n'était pas le problème. Maya avait bravé sa propre meute pour les sauver, Mika et lui. Plus encore : elle avait veillé sur son petit frère comme s'il s'était agi de l'un des siens. Bregan estimait avoir une dette envers elle. Et son intervention d'aujourd'hui était une façon comme une autre de la lui rembourser.

Il haussa nonchalamment les épaules.

— Tu ne me connais peut-être pas aussi bien que tu l'imagines…

Cook lui lança un regard incrédule.

— T'es sérieux, là ?

— Absolu…

Les mots de Bregan moururent soudain dans sa gorge. Il fixait le ciel, les yeux ronds et la bouche grande ouverte, en balbutiant :

— Non mais je rêve ! Dis-moi que je rêve !!!

Cook fronça aussitôt les sourcils.

— Quoi ? Qu'est-ce qu'il y a ? demanda-t-il en suivant son regard. Pourquoi est-ce que tu… ?

Mais il ne termina pas sa phrase non plus et regarda, d'un air abasourdi, l'aigle et Mika qui passaient au-dessus de leurs têtes. L'oiseau tenait le petit fermement dans ses serres et on pouvait l'entendre hurler au loin : « Encore Nel !!! Encore !!! »

Nel était heureuse. Elle piquait vers le sol, le vent fouettant doucement ses longues plumes brunes, les yeux perçants comme des lasers et le bec crochu, en portant hardiment Mika qui riait et poussait des cris extatiques. Comment était-il parvenu aussi facilement à la convaincre de l'emmener dans les airs avec elle ? Elle n'en savait rien. Et pour tout dire, elle s'en moquait. La joie et l'enthousiasme du petit Taïgan étaient tels qu'elle ne pouvait s'empêcher de sourire intérieurement. Pourquoi n'était-ce pas toujours ainsi ? se disait-elle. Pourquoi les grands compliquaient-ils toujours les choses alors qu'elles pouvaient être si simples ? Pourquoi les Yokaïs devaient-ils toujours se battre entre eux ? Qu'est-ce qui les poussait à agir ? Leur part animale ou leur part humaine ? Pour Nel, la réponse était évidente : les animaux, contrairement aux hommes, ignoraient la haine, le mensonge, la trahison ou l'hypocrisie.

— Oh, encore une fois, Nel ! Encore une fois ! s'écria Mika tandis que Nel le laissait délicatement choir sur le sol avant de se poser à son tour.

La Rapaï se tourna vers lui et Mika regarda d'un air attentif les plumes dont elle était recouverte disparaître rapidement, son long bec s'enfoncer dans sa peau comme s'il était aspiré de l'intérieur, ses lèvres pousser comme par enchantement et ses pattes jaunes s'élargir brusquement.

— Waouh ! Tu changes drôlement plus vite que moi ! s'exclama-t-il avec un grand sourire tandis qu'elle se rhabillait rapidement.

— C'est parce que je suis plus grande, répliqua-t-elle d'une voix presque normale.

— Quand t'es un aigle, t'es encore plus grande ! Et puis t'es drôlement forte !

Nel acquiesça en souriant : les ailes déployées, elle mesurait près de 4 mètres de large.

— Tu ne devras le dire à personne, d'accord ? Autrement, on risque d'avoir de gros ennuis.

— Tu ne crois pas qu'il est un peu tard pour t'en soucier, Rapaï ? gronda soudain Bregan en avançant vers les deux enfants.

Sa voix était rauque de colère et ses yeux jetaient des flammes.

— Mika, écarte-toi d'elle ! ordonna sèchement Cook à son tour.

Le petit tigre lui jeta un regard surpris, puis secoua la tête.

— Non.

— Mika, obéis ! ordonna Bregan.

— J'ai dit non, répondit Mika d'un air têtu en se rapprochant de Nel. Je ne veux pas que vous lui fassiez du mal, c'est mon amie !

— Tu es un Taïgan et elle est l'héritière du clan Rapaï, vous ne pouvez pas être amis, rétorqua froidement Cook en le dévisageant.

Mika fit les yeux ronds et se tourna vers Nel.

— T'es la princesse des aigles ?

Cette dernière hocha doucement la tête.

— Oui.

— Ça veut dire que tu vas devenir un chef comme mon frère ? Alors ça, c'est drôlement chouette !

Nel grimaça. Contrairement à ce que s'imaginait Mika, être princesse n'avait rien d'amusant. Au contraire. Il fallait toujours apprendre des tas de choses et elle n'avait pratiquement jamais le temps d'aller s'amuser avec les autres enfants du clan, et puis elle ne pouvait pas non plus faire comme eux et sécher l'école des humains pour aller voler.

— C'est loin d'être aussi drôle que tu le crois. Et si j'avais eu le choix, je ne crois pas que je...

Remarquant tout à coup l'étonnement qui s'affichait sur le visage de Bregan, elle s'interrompit brusquement.

— Bref, parfois j'aimerais me sentir comme toi ou les autres enfants, reprit-elle posément.

— Mais Nel, t'es une enfant ! remarqua Mika.

Bregan poussa un soupir.

— Mika, les Rapaïs sont différents.

— Comment ça ? demanda Mika en regardant Nel d'un air interrogateur.

— Notre cerveau se développe plus vite que ceux des autres Yokaïs, expliqua-t-elle avec une pointe de réticence.

Mika écarquilla les yeux.

— Tu veux dire qu'en réalité t'es une grande ?

— Non. Pas encore, mais...

— Ah bon, ben t'es comme moi alors, fit Mika soulagé.

Un grondement s'échappa de la gorge de Cook.

— Non, Mika, elle n'est pas comme toi.

Puis il reporta son attention sur Nel.

— Ce que tu as fait aujourd'hui était non seulement stupide mais extrêmement dangereux, Rapaï. Tu n'avais pas le droit de...

Nel ne lui laissa pas le temps de terminer sa phrase : elle courba légèrement le dos, la tête inclinée vers le sol, et avança d'un pas.

— Tu as raison. J'ai commis une grave erreur et j'en suis désolée. Je sais que je n'aurais pas dû parler avec Mika et l'emmener dans les airs avec moi. Je ne recommencerai pas.

Cook fronça les sourcils.

— Et tu crois que de vagues excuses suffisent ?

— Ce qui est fait est fait. Ni toi ni moi ne pouvons plus rien y changer, répondit stoïquement Nel.

— Elle a un sacré culot, tu ne trouves pas ? lança Cook à Bregan.

Ce dernier se contenta de hausser les épaules.

— Laisse tomber. Mika est sain et sauf, c'est tout ce qui compte.

— Oui, et je me suis bien amusé ! confirma aussitôt Mika d'un ton enjoué.

— Mais ça aurait pu mal tourner, lui rappela durement Cook.

— Il a raison, Mika, confirma Bregan. Tu n'aurais jamais dû adresser la parole à une Rapaï et encore moins la suivre dans les airs. Tu ne dois avoir aucun contact avec les autres Yokaïs, il me semblait te l'avoir déjà dit.

Mika releva le menton d'un air de défi.

— Mais Nel et Maya sont mes amies !

Cook lança un regard interrogateur à Bregan.

— Qu'est-ce que Maya vient faire là-dedans ?

— C'est une longue histoire, répondit Bregan d'un ton las.

Les lèvres de Cook s'ourlèrent en une grimace de dégoût.

— Ne me dis pas qu'il a aussi sympathisé avec la Lupaï ?

— Que veux-tu que je te dise ? Il est du genre sociable.

Cook se frotta nerveusement le visage comme s'il voulait se réveiller d'un rêve ou plutôt d'un cauchemar.

— C'est une blague ?

— Je voudrais bien.

— Qu'est-ce que tu comptes faire ?

— Je ne sais pas. J'ai beau tenter de lui expliquer, rien n'y fait. Tu pourrais essayer, toi ?

— Ah non, non… j'ai déjà suffisamment de problèmes avec ma sœur sans que tu me colles ceux de ton frère sur le dos.

Bregan afficha un sourire compatissant. La petite sœur de Cook, Lola, était une vraie tornade. À 13 ans à peine, elle s'était déjà battue avec la plupart des adolescents du clan et avait même balafré un humain en jouant. Son caractère épouvantable et son comportement incontrôlable l'avaient non seulement fait renvoyer de l'école, mais ils contraignaient aussi Cook et ses parents à la surveiller étroitement, ce qui était plutôt fatigant.

— Bon, qu'est-ce qu'on fait ? Parce que là, je vais rater le chariot ! intervint soudain Nel.

Bregan reporta aussitôt son attention sur elle.

— Quoi ?

— Les cours de la matinée sont terminés. Je dois aller prendre le chariot de midi, autrement maman va s'inquiéter. Alors je vous le demande : qu'est-ce qu'on fait ? On se bat ? On se dispute ? fit-elle sans sourciller.

Cook et Bregan, désarçonnés, échangèrent un regard perplexe.

— Bon, puisque vous n'en avez visiblement aucune idée, moi j'y vais. Maman n'aime pas que je sois en retard, déclara Nel avant d'attraper son sac à dos posé au pied de l'arbre et de filer.

Bregan la regarda s'éloigner d'un air incrédule. Cette gamine ne manquait visiblement ni d'assurance ni de sang-froid.

— On la laisse partir ? demanda Cook, l'air indécis.

Bregan haussa les épaules.

— Que veux-tu qu'on fasse d'autre ? Ce n'est encore qu'une gosse…

— Une gosse ? Tu parles ! C'est un petit monstre.

— L'un n'exclut pas l'autre, répondit Bregan en souriant, avant de se tourner vers Mika et d'ajouter : D'ailleurs, puisqu'on parle de petit monstre… je crois qu'il est temps qu'on ait une bonne discussion, toi et moi.

— Tu vas encore me taper ? demanda Mika en grimaçant.

Bregan le dévisagea et frotta gentiment le dessus de son crâne.

— Je suis désolé de t'avoir fait peur ce matin, je n'aurais pas dû m'énerver. Mais reconnais quand même que tu ne me facilites pas la tâche…

Mika réfléchit. Son frère avait toujours été doux et patient avec lui et il ne lui avait jamais fait le moindre mal. Levant les yeux vers lui, il demanda du bout des lèvres :

— T'es encore fâché ?

— Un peu, reconnut Bregan.

Mika prit une ou deux secondes de réflexion.

— Et si j'attrape un lièvre et que je te le donne, tu seras toujours fâché ?

— Tu essaies de me corrompre ?

— Je ne sais pas ce que ça veut dire, mais si c'est que je veux te donner quelque chose pour que tu ne dises pas à maman que j'ai séché l'école, alors oui. C'est ça.

Cook s'esclaffa tandis que Bregan poussait un soupir.

— Allez viens, on rentre…

# 9

Les yeux tournés vers la fenêtre, Maya regardait avec ravissement le liseré rouge et les premiers rayons de soleil qui naissaient à l'horizon. L'aube était là. Enfin. Se levant d'un bond de son lit, elle se dirigea vers la salle de bains puis, une fois sa toilette terminée, elle tressa ses longs cheveux blancs, enfila un pantalon, une tunique noire et une paire de bottes, glissa son poignard dans son étui, ses flèches dans leur carquois et quitta silencieusement la maison. Tout était calme à l'extérieur. Du moins en apparence. Parce qu'elle savait qu'une bonne trentaine de loups étaient en train de relayer la plupart des sentinelles de nuit et que les gardes de jour commençaient, tout comme elle, à effectuer leur ronde en silence. Levant une nouvelle fois ses yeux vers le ciel en souriant au jour qui était en train de se lever, Maya inspira la fraîcheur de l'air et s'élança vers les profondeurs de la forêt en courant. Un peu d'exercice matinal allait probablement chasser la tristesse et les étranges pensées qui l'avaient tenue éveillée une partie de la nuit. Elle en était persuadée. D'ailleurs, à la lumière tout paraissait toujours moins sombre, moins dramatique que dans l'obscurité. Elle ne savait pas très bien à quoi c'était dû. Un monde plongé dans les ténèbres n'était pas différent de celui qu'il était à la faveur du jour. Les maisons, les meubles, les arbres, rien ne changeait de place ni ne se transformait. Alors pourquoi nos songes et nos interrogations prenaient-ils plus d'ampleur tout à coup ? Ça n'avait rien de rationnel. Pas plus d'ailleurs que sa réaction face aux propos de Bregan. Le tigre avait été clair : il était intervenu lors de sa confrontation avec Wan pour une question de principe. Il avait même précisé au serpent qu'il se moquait que celui-ci la tue ou non. Et c'était parfaitement logique. Taïgans et Lupaïs étaient ennemis. Alors pourquoi ces quelques mots lui avaient-ils fait aussi mal ? Pourquoi ces quelques phrases et la froide indifférence avec laquelle il les avait prononcées l'avaient-elles fait se retourner encore et encore dans son lit ?

— Croâ crôa...

Alertée par les cris des oiseaux, Maya interrompit le cours de ses pensées et leva les yeux vers le ciel. Des corbeaux, une dizaine de corbeaux, tournaient en rond au-dessus des taillis. Qu'est-ce qu'ils font là, eux ? songea-t-elle en sentant sa gorge se serrer. Elle n'était pas comme Malak, elle n'avait pas le don de prédire certaines choses, mais elle était intuitive. Assez intuitive pour avoir soudain très envie de faire demi-tour. Pitié, dites-moi que c'est une biche, soupira-t-elle, ou un sanglier ou... Mais malheureusement, ses prières furent sans effet et, quelques secondes plus tard, le cœur battant et la bouche entrouverte, elle fixait avec horreur le corps étendu à ses pieds.

Callen. Il s'agissait de Callen. L'une des sentinelles de la meute. Il était facilement reconnaissable, en dépit des multiples morsures qui recouvraient sa gueule et sa fourrure, à son pelage tacheté de noir et de marron. Frissonnant, elle recula d'un pas, le regard hanté, puis poussa un terrible hurlement. Un hurlement à fendre le cœur.

— Wouhouh ouh !

Un puis bientôt une quinzaine de hurlements se joignirent aussitôt au sien.

— Wouahouhou !!!

Enfin les loups accoururent jusqu'à elle. Certains sous forme animale, d'autres sous forme humaine, mais tous partageant la même angoisse et déjà la même tristesse. Le premier et le plus rapide d'entre eux fut Jolan, son père.

— Maya, tu es blessée ? Que se passe-t-il ?

Elle ne répondit pas et se contenta de pointer le cadavre du doigt. Jolan se précipita aussitôt vers Callen et s'accroupit près de lui. Puis il se releva, la mine sombre, il balaya du regard la dizaine de loups qui venaient de surgir de l'obscurité. Maya les regardait s'agiter dans un bruissement de tissus ou de fourrures en poussant des gémissements, tandis qu'elle restait prostrée, le cerveau en feu et près d'exploser tellement ce qu'il venait de se passer lui paraissait impossible. Qui ? Pourquoi ? Ces deux questions tournaient sans cesse dans sa tête sans qu'elle puisse trouver de réponse.

— Callen est mort, annonça Jolan.

De la colère perçait dans la voix du chef de meute. Une colère teintée d'étonnement. Ce n'était pas la première fois que les loups se trouvaient confrontés à de telles atrocités. Ils avaient dû souvent y faire face lors des affrontements qui les avaient autrefois opposés aux autres clans. Les combats avaient non seulement marqué leur esprit, mais aussi leur cœur et leur âme. Seulement le clan des Lupaïs n'était pas en guerre. Il n'avait pas connu ce genre d'attaque depuis plus d'une décennie. Et la plupart des loups avaient du mal à réaliser ce qu'il était en train de leur arriver.

— Qui ? demanda l'un des gardes en fixant Jolan du regard.

Ce dernier fit signe à deux loups transformés d'avancer vers le corps sans vie de Callen. Obtempérant aussitôt, les deux Lupaïs s'approchèrent de leur compagnon, penchèrent leurs gueules gigantesques au-dessus de sa dépouille et reniflèrent longuement ses poils humides avant de reprendre forme humaine.

— Un Taïgan. J'ai senti l'odeur d'un de ces maudits Taïgans ! gronda le premier loup dès qu'il eut retrouvé l'usage de la parole.

— C'est exact, il s'agit bien d'un tigre, confirma le second d'une voix rauque.

Maya blêmit. Un humain aurait simplement discerné l'odeur métallique du sang qui recouvrait Callen comme une épaisse couverture, mais les loups sous leur forme animale étaient capables de capter toutes les senteurs. Y compris les plus subtiles. S'ils affirmaient que le meurtrier était un Taïgan, alors c'était que le meurtrier était effectivement un Taïgan.

— La guerre ! On doit leur déclarer la guerre ! s'écria une des sentinelles. Il faut le leur faire payer !

— Oui ! La guerre ! enchaînèrent en chœur plusieurs autres Lupaïs.

Tous les membres de la meute présents hurlèrent à leur tour leur approbation. Colère, peine, désir de vengeance, on pouvait lire toutes ces émotions à la fois sur les visages des Lupaïs qui se trouvaient sous forme humaine mais aussi dans les yeux de ceux qui portaient la fourrure.

— Allons nous battre !!!

— Si Callen est mort, c'est la faute de Maya ! hurla Morwin. Elle a relâché le prince des Taïgans, elle l'a épargné ! Et à cause de ça nos ennemis nous ont pris pour des faibles ! Ils pensent qu'ils peuvent venir ici, sur notre territoire, et qu'ils peuvent nous tuer sans que nous réagissions !

Maya parla doucement parce qu'elle sentait que, si elle perdait le contrôle de sa voix, elle perdrait le contrôle tout court.

— Je ne suis pas responsable de la mort de Callen, et tu le sais.

— Et Bregan ? demanda-t-il d'un ton doucereux.

— Quoi, Bregan ?

— Tu crois que c'est une coïncidence si Callen s'est fait tuer ici ? Sur ton chemin de ronde ? Bregan était là en reconnaissance, il préparait son crime. Et toi, espèce d'idiote, tu l'as laissé s'enfuir !

Maya le dévisagea. De taille moyenne, la bouche large et les cheveux châtain clair, elle trouvait généralement que Morwin avait un physique ordinaire. Mais la haine qui déformait son visage en cet instant le rendait d'une laideur absolue.

Elle lui jeta un regard de dégoût.

— J'aurais dû laisser le serpent te tuer.

— Il n'est peut-être pas trop tard…

Maya et Morwin s'apprêtaient à se jeter l'un sur l'autre lorsque l'un des deux loups qui avaient reniflé le cadavre de Callen déclara tout à coup d'une voix tonitruante :

— Arrêtez ! Ce n'est pas la même odeur.

— Quoi ?

— Nous avons poursuivi l'héritier jusqu'à la frontière, je connais son odeur. Ce n'est pas celle que j'ai sentie sur Callen.

Maya ne put s'empêcher de lancer à Morwin un regard triomphant.

— Tu vois ?

— Ça ne prouve rien, répliqua celui-ci. De toute manière, que ce soit lui ou un autre, c'est exactement la même chose. Les tigres sont tous coupables !

Plusieurs cris d'exclamation lui firent aussitôt écho.

— Mort aux tigres !!!

— Tuons-les ! Tuons-les tous !!!

Jolan, qui avait étrangement gardé le silence jusqu'à présent, leva la main pour les faire taire.

— Assez !!!

Ce simple mot suffit à les figer et le silence devint tout à coup si épais qu'on aurait pu le couper au couteau.

— Je vais réunir le Conseil dès ce soir et nous prendrons notre décision.

Puis il se tourna vers deux des gardes et ordonna d'un ton sec :

— Occupez-vous de Callen.

— Quelle décision ? Il faut nous battre ! s'écria Morwin.

Un murmure parcourut la foule. Jolan plissa les yeux d'un air contrarié et sa colère se déversa violemment sur les Lupaïs comme s'ils ne valaient pas plus qu'une colonie d'insectes.

— Silence, j'ai dit !

La puissance qu'il dégageait flottait autour de lui comme un brouillard invisible et brûlant. Le chef de meute s'avança vers Morwin, puis, l'agrippant par le col de sa chemise, il le souleva du sol aussi facilement que si ce dernier n'avait pas pesé plus lourd qu'une plume, le porta près du corps de Callen et le força à s'agenouiller.

— Nous sommes en deuil. Ce Lupaï mérite le respect. Sa famille mérite le respect. Nous allons d'abord informer les siens, puis nous allons le veiller et ensuite, seulement ensuite nous réfléchirons à la manière dont nous allons faire payer cette lâche attaque à nos ennemis. Compris !!!?

Un frémissement de peur parcourut le dos de Morwin.

— Oui, oui, j'ai compris, balbutia-t-il.

En voyant un rictus s'afficher un court instant sur le visage de son père, Maya réalisa tout à coup l'ampleur du dédain et de la frustration que le jeune Lupaï lui inspirait. Jolan, non plus, n'aimait pas Morwin. Il le cachait simplement mieux qu'elle, c'est tout.

— Une fois de plus, tu contredis mes ordres et mes décisions. Je t'ai laissé faire jusqu'à présent parce que tu étais encore jeune, mais aujourd'hui c'est terminé. Je n'ai plus l'intention de faire preuve de la moindre mansuétude à ton égard. Tu veux être traité comme un adulte ? Très bien. Alors à partir de maintenant, tu devras supporter le poids de tes erreurs et de ton incorrection. On est d'accord ?

La voix de Jolan était si lourde de menaces que Morwin se mit à trembler.

— Rentre chez toi, Morwin, rentre chez toi et arrange-toi pour ne pas croiser ma route avant longtemps.

# 10

Un silence de mort régnait dans la salle de classe. Installés chacun à l'opposé de la pièce, les clans Lupaïs et Taïgans s'observaient à la dérobée tandis que les autres élèves, qui sentaient l'épouvantable tension qui existait entre eux, n'osaient esquiver le moindre mouvement ou émettre le moindre murmure.

— Qu'est-ce qu'ils ont aujourd'hui ? C'est quoi leur problème ? murmura Cook à Bregan en fixant les loups des yeux.

Le tigre, qui suivait son regard, haussa les épaules.

— Aucune idée.

— Je ne les ai jamais vus dans cet état. Regarde Maya, on dirait qu'elle va te sauter dessus.

Bregan dévisagea la louve. La colère qui luisait dans les yeux de la louve n'était pas brûlante, mais aussi glaciale qu'une tempête hivernale.

— Franchement, je ne sais pas ce qu'il lui arrive.

— Ce n'est peut-être rien. Tu les connais… Il suffit d'un rien pour leur faire péter les plombs.

Bregan réfléchit. Les loups étaient différents des autres Yokaïs sur deux points : le premier était qu'ils se laissaient plus facilement contrôler par leurs bêtes au point parfois de revenir à l'état sauvage et de ne plus jamais pouvoir se retransformer, on disait alors qu'ils étaient devenus berserk ; et le deuxième était le lien unique, inconditionnel et fort qui existait entre eux.

— Pas Maya. Elle n'est pas comme ça.

— C'est une louve, objecta Cook. Et tous les loups peuvent…

— Pas elle. Elle est différente.

Cook haussa les sourcils d'un air pas convaincu.

— Différente ? Et en quoi ? Regarde-la, elle est prête à se transformer !

Bregan jeta un regard contrarié en direction de Maya. Cook avait raison, les yeux de Maya prenaient une teinte dorée qui ne lui disait rien de bon…

— Il y a forcément une explication, rétorqua fermement Bregan avant de se lever.

— Qu'est-ce que tu fais ?

— Je vais lui parler.

Les yeux de Cook faillirent littéralement sortir de leurs orbites.

— Hein ? T'es malade ?

Bregan ne répondit pas et se dirigea vers Maya.

— Quel est le problème ?

La mémoratrice de langues anciennes, madame Pexton, pivota en le fusillant aussitôt du regard tandis que tous les Yokaïs regardaient Bregan en se demandant s'il n'avait pas perdu l'esprit.

— Que faites-vous ? Asseyez-vous !

Bregan l'ignora et continua à fixer Maya d'un air interrogateur.

— Qu'est-ce qu'il vous arrive ?

Elle lui lança un regard menaçant.

— Retourne à ta place avant que ça ne tourne mal, Bregan…

Le Taïgan secoua la tête.

— Non. Parle-moi. De quoi as-tu peur ? poursuivit Bregan.

— La seule chose qui me fait peur, c'est de ne pas pouvoir résister à l'envie que j'ai de te tuer, répondit la louve en serrant les poings.

— J'ai dit asseyez-vous et taisez-vous !!! hurla de nouveau la mémoratrice sans que personne n'y prête, une nouvelle fois, la moindre attention.

Bregan se pencha vers Maya.

— Tu as deux options : option 1, tu acceptes de me suivre pour qu'on puisse tranquillement discuter, ou option 2, je te porte dehors et on aura cette conversation, que tu le veuilles ou non. Qu'est-ce que tu préfères ?

Un long murmure parcourut la salle.

— Tu tiens vraiment à ce que je t'arrache la gorge ? demanda Maya en le fixant avec une expression tellement emplie de rage et de colère qu'elle coupa littéralement le souffle à Bregan.

Celui-ci prit une forte inspiration puis soupira bruyamment.

— Tu as envie de te battre ? Très bien. Je suis d'accord. Mais pas ici et pas sans qu'on ait eu le temps de parler avant.

— Bregan..., fit soudain Cook d'un ton d'avertissement, en se levant brusquement de sa chaise.

— Je sais ce que je fais, répondit Bregan.

Cook en doutait. Bregan adressait ouvertement la parole à la louve pour la deuxième fois en quelques jours. Si quelqu'un en avertissait le Conseil des Taïgans, il risquait d'avoir de sérieux ennuis.

— Tu réalises qu'il t'est interdit de parler à cette fille ? rappela Cook d'un ton inquiet.

Bregan esquissa un rictus.

— Je connais les règles, Cook. Je veux juste comprendre...

Une voix hurla soudain dans la tête de Maya : « Comprendre quoi ? Que vous n'êtes qu'une bande d'assassins et que je vous déteste tous !!!? »

— Comprendre ? Comme si tu ne savais pas ce que... Tu n'es vraiment qu'un sale hypocrite ! cracha Maya.

Bregan afficha une expression furieuse.

— On m'a accusé de beaucoup de choses, mais de ça, j'avoue que c'est une première, fit-il en attrapant Maya par le bras avant de l'entraîner avec lui si rapidement que personne, pas même les loups, n'eut le temps de réagir.

— Lâche-moi ! protesta Maya en se débattant.

Plusieurs grondements menaçants de loups se firent subitemernt entendre.

— Alors cesse de te comporter comme une gamine et réponds-moi ! rugit Bregan en plongeant son regard dans celui de la louve.

De tous les Yokaïs qui fréquentaient l'école, Bregan était le seul que les humains évitaient instinctivement. Le seul à avoir l'air aussi sauvage et dangereux qu'il l'était réellement. Le seul à ressembler non à un adolescent, mais à un véritable guerrier. Mais Maya n'avait pas l'intention de se laisser impressionner.

— Tu veux vraiment jouer à ça !!!? Très bien, cracha-t-elle en pinçant les lèvres.

Puis elle se tourna vers les loups qui s'apprêtaient à se transformer pour sauter sur Bregan et déclara d'un ton vibrant de colère :

— Stop ! Personne ne change ! Si vous voulez m'aider, restez ici et surveillez-moi plutôt ceux-là ! lança-t-elle en désignant Cook et les autres Taïgans.

Plusieurs loups, dont Morwin, grognèrent pour exprimer leur mécontentement, mais Maya n'en avait cure. Bregan voulait lui parler ? Parfait. Elle allait lui parler. Et ensuite, elle l'affronterait. Elle l'affronterait pour Callen. Elle l'affronterait pour sa femme et ses deux enfants. Elle l'affronterait pour la meute.

— Je te suis, fit-elle.

— Bregan ! Maya ! Qu'est-ce que ça signifie !? Je ne vous ai pas donné la permission de quitter la classe, que je sache ? Je vous préviens, il va y avoir des sanctions ! s'époumona la mémoratrice tandis qu'ils franchissaient la porte.

Mais Maya et Bregan ne prirent même pas la peine de lui jeter un regard et s'éloignèrent rapidement dans le couloir comme si de rien n'était. Murés dans un profond silence, ils quittèrent l'école et se dirigèrent vers les bois situés un peu plus loin.

# 11

Bregan plissa les yeux pour se protéger des rayons du soleil qui filtraient à travers les arbres, puis fit signe à Maya de s'arrêter de marcher, avant de la dévisager. Le visage de la Lupaï n'était déjà plus tout à fait humain. Ses yeux luisaient, ses oreilles s'étaient recouvertes d'un fin duvet et tout en elle indiquait un changement imminent.

— Maya…

La louve émit un terrible grondement.

Le Taïgan poussa un soupir. Les loups qui se contrôlaient mal subissaient une transformation en deux circonstances : lorsqu'ils se sentaient menacés ou lorsqu'ils étaient en colère. Trop en colère pour se maîtriser. Ce qui était visiblement le cas de Maya.

— Tu as besoin de te défouler ? Très bien, je suis à ton service. Mais promets-moi que tu accepteras de me parler ensuite…

Bregan n'avait aucun désir de se battre, mais il n'existait malheureusement pas d'autre choix : Maya n'était plus en état de se contenir et sa bête était prête à surgir. Il pouvait pratiquement en sentir l'odeur sur sa peau et l'air autour de lui avait grimpé d'une bonne dizaine de degrés. Ravaler sa louve et revenir en arrière était, à ce stade, pratiquement impossible.

— « Ensuite » ? Il n'y aura pas d'« ensuite » pour toi, Bregan, je vais t'étriper, cracha Maya tandis qu'une sensation de fourmillement envahissait ses jambes puis le reste de son corps.

— J'ai hâte de voir ça, petite louve, j'ai hâte de voir ça, répondit-il en souriant.

Maya lui jeta un regard mauvais, se déshabilla, puis, sentant sa peau et ses muscles s'étirer, elle se laissa tomber à terre en hurlant. Ses os craquèrent, son visage et sa mâchoire s'allongèrent, ses dents se transformèrent en crocs et sa peau diaphane se recouvrit d'une épaisse fourrure blanche. Une fois le changement terminé, elle cligna des yeux en regardant ce monde étrange dénué de rouge ou de vert, mais teinté de subtiles nuances brunes, grises et noires inconnues de l'œil humain. Puis elle se tourna vers Bregan, ou plutôt vers la créature de cauchemar qui l'avait remplacé, en poussant un terrible grondement.

« Allez, montre-moi comment tu te débrouilles ma belle », songea Bregan amusé, en dévoilant des crocs d'au moins 20 centimètres.

Le tigre était une véritable montagne de fourrure et de muscles, et Maya, avec ses 200 kilos, paraissait presque minuscule à côté de lui mais elle n'avait pas peur. Bien au contraire. Sa fureur était palpable, tout comme son envie d'en découdre. Et si l'animal en Bregan se demandait, en la regardant, quel morceau de la louve il allait bien pouvoir dépecer, l'humain, lui, se demandait comment il allait bien pouvoir s'y prendre pour ne pas la blesser.

— Tu vas payer, Bregan, toi et les tiens vous allez payer pour ce que vous avez fait ! gronda Maya en courant vers lui.

Bregan recula en grimaçant. Certaines choses que l'on fait sur deux jambes sont bien plus difficiles à exécuter sur quatre pattes. Et si le Taïgan maîtrisait plusieurs manœuvres d'évitement tirées des arts martiaux, il ne pouvait malheureusement pas s'en servir sous forme de tigre. Les tigres n'étaient pas faits pour ça. Ils n'esquivaient pas l'adversaire. Ils ne le ménageaient pas. Ils plantaient leurs griffes et leurs crocs dans le corps de leur ennemi, lui brisaient les os et le saignaient jusqu'à ce qu'il meure.

« Qu'est-ce qu'il fabrique ? Pourquoi ne bouge-t-il pas ? » s'interrogea Maya l'espace d'une seconde avant de sauter sur le dos de Bregan et de planter ses crocs dans son cou.

Le Taïgan poussa un feulement, se laissa tomber lourdement sur ses pattes, puis roula sur le dos en écrasant une bonne partie du corps de Maya. Cette dernière, contrainte de lâcher prise, se tortilla violemment pour se dégager et parvint à se libérer.

« Ce n'est pas terminé ! » pensa Maya avant de se relever, de tourner en rond deux fois et de se jeter de nouveau sur lui.

Bregan, à qui ce jeu du chat et de la souris plaisait beaucoup, fit un écart avant qu'elle ne l'atteigne et roula immédiatement hors de sa portée.

« Mais qu'est-ce qu'il lui prend ? Il croit qu'on est en train de jouer ? » se demanda-t-elle, incrédule, en voyant ses longues moustaches frémir.

Il se moquait d'elle ? Cet idiot se moquait d'elle ? Un membre de la meute était mort, et il avait le culot d'en rire ? Fourrure dressée, queue tendue, oreilles aplaties, et sa rage décuplée, Maya n'hésita plus et lui sauta à la gorge.

La soudaineté de son geste surprit Bregan. Il se cabra aussitôt et lui assena un coup de patte si puissant que le corps pourtant lourd de Maya se mit à décoller légèrement du sol. Vaguement sonnée, la louve poussa un glapissement de douleur.

« Je suis désolé, mais c'est ta faute aussi », se dit aussitôt Bregan en lui lançant un regard navré.

Cette dernière gronda mais reprit rapidement ses esprits. Elle savait que le Taïgan était fort, mais pas à ce point. La puissance avec laquelle il avait répondu à son attaque ne reflétait qu'une infime partie de ses capacités. Et il ne s'était pour l'instant servi ni de ses griffes ni de ses crocs.

— Ne bouge plus, reste où tu es, feula Bregan en guise d'avertissement.

Il avait beau se contraindre à faire de gros efforts pour ne pas la blesser, la bête en lui se rebiffait et mourait d'envie de l'éventrer.

« S'il te plaît, non », songea-t-il en la voyant de nouveau foncer vers lui.

Maya, consciente de la supplication muette qui luisait dans les yeux de Bregan, hésita. Son refus de se battre la perturbait. Le Taïgan était du genre ni à reculer ni à avoir peur de qui que ce soit. Alors qu'est-ce qu'il attendait ? Ils étaient ennemis, non ? C'était du moins ce que le meurtre de la nuit dernière signifiait. Alors pourquoi ne profitait-il pas de l'occasion qu'elle lui donnait de se débarrasser d'elle une bonne fois pour toutes ?

« Je ne sais pas pourquoi tu refuses ce combat, mais cesse, cesse de me regarder de cette façon », l'adjura Maya en pensée, la gorge serrée, avant de s'élancer de nouveau vers lui.

À sa grande surprise, Bregan décida cette fois de ne pas se défiler. D'un mouvement brusque, il se releva sur ses pattes arrière et entoura le col de la louve de ses pattes avant pour la faire chuter. Ils commencèrent à rouler sur l'herbe en grognant et en feulant. Maya, consciente qu'elle était sur le point de perdre le combat, tenta d'atteindre sa jugulaire, mais sans succès. Ses crocs claquèrent dans le vide et elle se retrouva de nouveau sous lui, bloquée par son poids et ses pattes qui maintenaient les siennes.

« Je suis morte », s'imagina-t-elle, le cœur battant la chamade, tandis que Bregan se penchait au-dessus d'elle.

Pour la première fois de sa vie, Maya était à la merci de quelqu'un. De quelqu'un qui l'avait non seulement privée de sa force, mais aussi de sa dignité. Et c'était sa faute : « Il faut deux loups pour blesser sérieusement un tigre, trois pour le tuer », n'avait de cesse de répéter son père. C'était la vérité. Elle le savait. Mais cela ne l'avait pas arrêtée pour autant.

— Alors, petite louve, tu te rends ? feula Bregan avant de coller son museau contre le pelage de la louve et de se remplir de son odeur.

Maya avait beau ne pas comprendre le langage des tigres, elle pouvait parfaitement deviner ce qu'il disait.

— Vas-y, tue-moi, je ne te supplierai pas, gronda-t-elle en fermant les yeux.

Bregan poussa une sorte de grognement. Le battement du pouls de la Lupaï était comme un bonbon sur sa langue. Le tigre en lui brûlait d'enfoncer ses crocs dans sa chair et de lui ouvrir la gorge, mais l'humain résistait. Et il était le plus fort.

— Tu n'es qu'une idiote, feula-t-il en léchant le filet de sang qui coulait du haut de son oreille en souillant son beau pelage blanc.

Le contact de la langue de Bregan sur sa fourrure fut comme un électrochoc pour Maya. Elle se cabra et, dans un grondement rageur, commença à se débarrasser de son pelage. Bregan, qui avait senti le corps de la louve brûler sous lui comme un volcan en pleine irruption, se redressa et décida de se transformer à son tour.

— Qu'est-ce qu'il t'a pris de me lécher ? C'est dégoûtant ! s'écria-t-elle, furieuse, dès qu'elle eut repris forme humaine.

Bregan, qui n'avait pas tout à fait terminé son changement, tourna vers elle un visage mi-homme mi-bête et lança d'une voix gutturale :

— Tu aurais préféré que je te tue ?

— Non, j'aurais préféré que tu ne me baves pas dessus ! répliqua-t-elle en le fusillant du regard avant d'attraper ses vêtements et de se rhabiller.

Bregan leva les yeux au ciel.

— Tu étais blessée à la tempe, il y avait du sang qui coulait et…

— … et quoi ? grogna-t-elle.

— Et je ne me promène pas avec une trousse de secours sur moi, figure-toi, lâcha-t-il comme si c'était une évidence.

— Ouais, ben laisse-moi te dire que tu crains comme infirmière ! rétorqua-t-elle avant d'examiner d'un bref coup d'œil ses bras, ses jambes puis le reste de son corps.

Il lui en avait coûté quelques égratignures ici et là et elle était courbaturée et pleine de bleus, mais elle devait reconnaître que Bregan s'était montré très doux dans l'ensemble et elle s'en sentait profondément humiliée.

Bregan inspira profondément.

— Si tu ne t'étais pas jetée aussi bêtement sur moi et que…

— Pourquoi m'as-tu épargnée ? Pourquoi as-tu refusé de te battre ? le coupa-t-elle aussitôt.

Il haussa les épaules.

— Tu n'étais pas dans ton état normal et je voulais te laisser le temps de te calmer.

— Pourquoi ?

— Parce que tu n'es qu'une gamine bornée et que je voulais te protéger. Pourquoi penses-tu que je t'ai défendue contre le Serpaï ?

— « Défendue » ? Tu plaisantes ? Tu as dit à Wan que tu te moquais qu'il me tue ou non ! rétorqua-t-elle d'une voix étranglée d'indignation.

Il soupira.

— J'ai menti.

— Quoi ?

Bregan plongea son regard dans celui de la louve.

— Je ne me moque pas du tout de ce qu'il peut t'arriver, Maya.

Elle sentit les battements de son cœur s'accélérer et détourna les yeux.

— Eh bien moi, si ! Je te déteste.

— Menteuse.

— Non. Je t'aurais tué tout à l'heure si j'avais pu.

Un sourire triste se dessina sur les lèvres de Bregan.

— Tu m'aurais blessé, tu te serais défoulée sur moi parce que tu ne te contrôlais pas, mais tu ne m'aurais pas tué. Jamais.

L'expression de Maya se fit dure. Comment Bregan pouvait-il se montrer aussi présomptueux ? Là, elle n'en revenait vraiment pas...

Elle le mitrailla du regard.

— Qu'est-ce que tu en sais ? Pourquoi est-ce que tu... ? Tu penses que j'éprouve quelque chose pour toi parce que je ne t'ai pas dénoncé à la meute ? C'est ça ?

Bregan sourit calmement et avança d'un pas vers elle.

— Tu te souviens de l'homme qui m'avait pris en chasse quand nous étions petits ?

Maya fronça les sourcils et acquiesça à contrecœur. Bregan et elle n'avaient que 8 ou 9 ans. Il était poursuivi par un humain à la lisière de la frontière. Elle était alors montée à un arbre, puis avait décoché une flèche dans le cœur du chasseur qui était mort sur le coup.

— J'aurais dû le laisser t'attraper…

— Mais tu ne l'as pas fait. Tout comme je ne t'ai pas laissée te noyer.

Maya était allée nager quelques années plus tôt dans le lac qui se trouvait derrière les bois qui entouraient l'école. Une bande d'adolescents humains l'avaient suivie et lui avaient jeté des pierres. Blessée à la tête, elle avait perdu connaissance et c'était Bregan qui l'avait sauvée. Il avait fait fuir ses assaillants, avait plongé et l'avait aidée à regagner la rive. Ni elle ni lui n'en avaient jamais parlé depuis.

— Je ne vois pas le rapport.

— Le rapport, c'est nous, Maya. Nous n'avons jamais été ennemis. Jamais.

Maya s'apprêtait à ouvrir la bouche pour protester, mais le regard franc et le sourire presque amical qu'affichait Bregan l'en empêcha. « C'est comme s'il y avait un truc entre vous », lui avait dit Cléa. Sur le coup, elle avait refusé d'y songer mais plus le Taïgan argumentait, plus elle se demandait si son amie n'avait pas raison. Imaginer qu'on puisse passer des années l'un près de l'autre à s'observer, à se côtoyer et même parfois à s'entraider, sans que cela laisse de traces était impossible. De là à envisager qu'il s'était formé une sorte de lien entre eux, un lien assez fort pour briser le sentiment d'animosité qui existait entre les clans, c'était peut-être un peu poussé mais…

— Alors il faut croire que les choses ont changé, répondit-elle, la gorge nouée.

# 12

Bregan dévisagea Maya. Elle était sérieuse. Elle n'était plus sous l'emprise de la colère ou d'une quelconque émotion. Elle pensait réellement ce qu'elle disait. Inquiet, il s'humecta les lèvres, devenues brusquement sèches, et demanda :

— Changé ? Qu'est-ce qui a changé ?

Les yeux de Maya le fixèrent durement.

— Tout… tout depuis que vous avez tué Callen.

Bregan lui jeta un regard stupéfait.

— De quoi est-ce que tu parles ?

— Je parle de la sentinelle que vous avez tuée cette nuit.

Une profonde surprise s'afficha de nouveau sur le visage de Bregan.

— Maya, je n'ai absolument aucune idée de…

— Menteur !

— Je ne mens pas. J'ai beaucoup de défauts mais je ne fuis pas mes responsabilités. Jamais.

Elle le fixa, tentant de trouver la moindre trace de dérobade dans ses yeux – mais en vain.

— Tu ne fuis pas tes responsabilités ? As-tu seulement la moindre idée de ce que ta petite incursion en territoire Lupaï a failli me coûter ?

Il acquiesça.

— Je sais que j'ai une dette envers toi. Je ne l'oublie pas. C'est pour ça que tu dois me croire quand je te dis que je n'y suis pour rien et que j'ignorais tout de la mort de ton loup.

Maya observait Bregan et se dit qu'il n'était pas du genre à tergiverser : s'il avait vraiment ordonné l'attaque, il l'aurait revendiquée haut et fort et aurait assumé son acte sans flancher, mais…

— Le coupable est un tigre, Bregan, et tu es le prince des Taïgans, tu ne peux pas ne pas être au courant.

Une lueur perplexe s'alluma dans les yeux du Yokaï. Depuis la mort de son père, le roi des tigres, c'était le Conseil des Taïgans qui dirigeait le clan et prenait toutes les décisions. Y compris celles de mener un raid en territoire ennemi ou d'organiser une attaque de ce genre…

— Pourquoi es-tu aussi persuadée que le tueur est l'un des miens ?

Elle croisa les bras et expliqua d'un ton triste :

— Le tueur a laissé des traces de crocs et de griffes ainsi que son odeur sur le corps de Callen, Bregan…

— Si c'est vrai, alors le Conseil n'a rien à voir là-dedans.

— Oh non, bien sûr que non… le Conseil des Taïgans ne ferait jamais ça, c'est bien connu, railla-t-elle.

— Ce n'est pas que je ne l'en crois pas capable, Maya, c'est juste que ce n'est pas sa façon de faire. Quand mon Conseil ordonne une attaque ciblée, il envoie un exécuteur. Or un exécuteur ne laisse pas de traces derrière lui.

Les exécuteurs étaient les tueurs du clan tigre. Efficaces, précis et patients, leurs attaques étaient fulgurantes et ils ne laissaient effectivement, généralement, ni preuves ni cadavres.

— Il a peut-être commis une erreur, suggéra Maya en haussant les épaules.

— Les exécuteurs ne commettent pas ce genre d'erreurs.

— Comment le sais-tu ?

— Je m'entraîne en ce moment même à ce type de mission.

Maya blêmit.

— Tu veux dire qu'on t'entraîne à assassiner les gens ?

— Je suis l'héritier. On me forme à être à la fois un pisteur, un chasseur, un guerrier, une sentinelle, un garde et un exécuteur.

Elle inspira profondément. Oui, bien sûr, à question idiote… Elle ne savait pas comment c'était arrivé, peut-être était-ce dû à ce lien étrange qu'ils semblaient partager, mais plus le temps passait, plus elle le côtoyait, plus elle oubliait à quel point il pouvait être dangereux. Ce qui était très imprudent de sa part.

— En gros, ce que tu m'expliques, c'est que tu n'es pour rien dans ce meurtre, que ton Conseil n'est pour rien dans ce meurtre et que tous les tigres sont innocents ?

— Ce n'est pas ce que j'ai dit.

— Tu sais ce que je crois, moi ? Je crois que le Conseil a confié cette mission à un guerrier ou à n'importe qui d'autre et qu'il t'a caché ce qu'il comptait faire parce que tu es jeune et qu'il voulait te protéger…

— Me protéger ? On voit que tu ne connais absolument pas la manière dont fonctionne mon clan, fit-il d'un ton amer.

— Je ne sais peut-être pas la manière dont il fonctionne, mais je sais la manière dont il tue, répondit-elle piquée au vif.

— D'accord. Admettons que tu aies raison et que le meurtrier de ta sentinelle soit bien un tigre…

— J'ai raison, le coupa-t-elle d'un ton convaincu.

— Très bien. Alors qu'est-ce qu'on fait ?

— Quoi, qu'est-ce qu'on fait ?

— Si ta meute est persuadée que nous sommes responsables de cette attaque, elle envisage probablement de prendre des mesures de rétorsion, non ? demanda-t-il d'un ton soucieux.

— Des mesures de rétorsion ? Tu plaisantes ? Tuer un membre d'un clan est une déclaration de guerre, Bregan.

Une lueur de vive contrariété s'alluma dans le regard du tigre.

— Tu veux dire que la meute va nous déclarer la guerre sans même chercher à en savoir plus ?

— À en savoir plus ?

— Pourquoi mon clan aurait-il fait liquider ta sentinelle, Maya ? Quel était l'intérêt ?

Maya réfléchit en plissant les yeux.

— Peut-être n'y en a-t-il aucun. Peut-être avez-vous tué Callen simplement pour nous prouver que vous pouviez le faire, suggéra-t-elle sans conviction.

Il esquissa un rictus.

— Tu ne penses même pas ce que tu dis.

— Peu importe ce que je pense. Ce qui compte, c'est ce que pense la meute. Or la meute veut venger la mort de Callen.

Bregan réfléchit à vitesse grand V. Il n'avait aucunement l'intention de laisser la situation dégénérer en une guerre meurtrière, pas s'il pouvait l'empêcher.

— Si c'est vraiment ce que veut la meute, alors très bien : apporte-moi un bout de vêtement ou de fourrure portant l'odeur du meurtrier et je vous livrerai le coupable.

Maya fit les yeux ronds.

— Tu trahirais l'un des tiens ?

— Si un tigre a enfreint la loi en pénétrant sur le territoire d'un autre clan et en assassinant l'un de ses membres, il n'est plus l'un des miens.

— À t'entendre, on dirait que tu es déjà aux commandes.

Non, Bregan n'était pas aux commandes. Il devait attendre son vingtième anniversaire avant de prendre la tête de son clan, mais il n'avait pas le choix. Il allait devoir convaincre le Conseil et croiser les doigts pour qu'il l'écoute et accepte de se ranger à ses arguments. C'était une question de survie. Les Taïgans avaient beau être les plus forts, les Lupaïs avaient l'avantage du nombre, ce qui en faisait des adversaires particulièrement dangereux.

— Maya, réfléchis à ma proposition, s'il te plaît. Parle à ton père, parle au Conseil. On peut arrêter tout ça...

Maya prit un temps de réflexion. Elle détestait les Taïgans pour ce qu'ils avaient fait à Callen et pour la tristesse que sa disparition avait causée à la meute. Mais elle n'était pas stupide. Une guerre était la pire des solutions. S'il y avait une chance, la moindre chance de l'éviter, alors cela valait le coup d'essayer.

— D'accord. Je vais en parler à mon père, mais je ne te promets rien...

Il hocha la tête et lui saisit les poignets.

— Je sais que tu n'as aucune raison de me faire confiance mais...

Maya dégagea nerveusement ses poignets et recula d'un pas.

— Arrête.

— Quoi ?

— Ne... ne me touche pas.

Il lui jeta un regard étonné.

— Ne me dis pas que je te fais peur ?

Elle secoua la tête.

— Non, tu ne me fais pas peur.

— Alors où est le problème ?

« C'est justement ça le problème, imbécile ! », songea-t-elle avant de lui tourner le dos et de se mettre à courir.

# 13

Des loups couraient en grognant et en jappant dans tous les sens. Tous, à l'exception des plus jeunes restés sous la surveillance de quelques louves-nounous, étaient transformés et prêts à se battre. Et au milieu de toute cette folie, Maya, qui venait à peine de rentrer de l'école, se fraya aussitôt un passage jusqu'à son père.

— Que comptes-tu faire ? Tu veux attaquer les Taïgans cette nuit ? demanda-t-elle.

— Non. Pas pour le moment.

— Alors quoi ?

— Alors on va mener quelques incursions, tester leurs défenses et nous replier.

— Et l'effet de surprise ? s'étonna Maya. Si tu agis de cette façon, les tigres vont renforcer leurs défenses et…

— Il s'agit d'une démonstration de force, Maya, d'une simple démonstration de force.

Maya le dévisagea longuement.

— Tu as un plan, devina-t-elle.

— Bien sûr que j'ai un plan.

C'était évident. Son père était un homme brillant et un excellent stratège. Mais elle ne pouvait s'empêcher d'être surprise. Jolan n'était pas d'une nature impulsive. Il pesait généralement longuement le pour et le contre avant d'agir, elle était donc étonnée de le voir prendre aussi rapidement la décision de riposter.

— Papa, puis-je te parler en privé ?

Jolan lui jeta un regard désapprobateur.

— Tu crois vraiment que c'est le moment ?

Maya hocha la tête. Elle y avait songé durant tout le trajet de retour et des milliers de questions avaient explosé sous son crâne : dois-je parler de Bregan à papa ? Comment va-t-il réagir quand il apprendra que j'ai discuté avec le tigre ? Que pensera-t-il de sa proposition ? Sera-t-il ébranlé, choqué ou très en colère ? Et si c'est le cas, que va-t-il se passer ?

Mais maintenant qu'elle voyait, atterrée, sa meute se préparer à la guerre, toutes ses peurs, tous ses doutes lui parurent soudain futiles.

— C'est le parfait timing. J'ai un message pour toi provenant du futur roi des Taïgans.

Jolan s'arrêta net de respirer en fixant sa fille d'un air incrédule.

— Pardon ?

— J'ai un message de Bregan.

La stupéfaction de Jolan monta d'un cran.

— Maya, comment se fait-il que…

— Je l'ai provoqué et nous nous sommes battus. Enfin non, pas vraiment, parce qu'en réalité il a passé son temps à m'esquiver, enfin bref…

Entraînant Jolan par le bras dans un endroit discret, Maya poursuivit son récit en lui narrant une partie de la conversation qu'elle avait eue avec le tigre. Quand elle eut fini, son père resta silencieux un bon moment tout à ses réflexions, puis il frotta ses doigts sur son cou comme s'il voulait empêcher le grognement qui naissait dans sa gorge de franchir ses lèvres.

— Si je comprends bien, tu as défié Bregan ? Qu'est-ce qu'il t'a pris ? Tu es devenue folle ? Il aurait pu te tuer !

Oui. Bregan aurait pu la tuer. Il était plus grand et plus puissant qu'elle. Et ça la contrariait suffisamment pour ne pas avoir envie d'en parler.

— Il aurait pu, oui, mais il ne l'a pas fait.

— Pourquoi ?

Elle haussa les sourcils.

— C'est vraiment important ?

— Les Taïgans ne laissent jamais de survivants, en particulier dans un défi, Maya. Ils n'ont aucune pitié. Alors je te le demande : pourquoi ?

— Je ne sais pas, répondit Maya, interloquée. Je crois qu'il pense avoir une dette envers moi à cause de son frère et… Mais papa, qu'est-ce que ça peut faire ?

Jolan plissa les yeux. Il réussissait pour l'instant à garder son calme mais il sentait une boule se former sur ses cordes vocales et sa voix était descendue d'au moins deux octaves à cause des efforts qu'il faisait pour ne pas hurler.

— Je me suis laissé dire qu'il était aussi intervenu dans l'altercation que tu as eue à l'école avec l'héritier des Serpaïs, exact ?

Maya se mordit les lèvres en se demandant qui, parmi ses camarades, avait bien pu cafter.

— Exact.

— Et aujourd'hui, il te charge de me transmettre un message.

Maya se balança d'un pied sur l'autre, gênée.

— Exact encore, mais…

— Maya, je ne sais pas pourquoi ce Taïgan agit de cette façon, mais tu vas quitter l'école et rester à la maison à partir de maintenant, c'est clair ?

— Mais pourquoi ? Je n'ai rien fait de mal !

— Tu… vous… avez enfreint les règles et ce, à de nombreuses reprises…

— Mais papa, ce n'était pas ma faute, c'était parce que… Oh et puis c'est ridicule ! Oui, j'ai discuté avec Bregan, oui, on s'est battus, mais tu ne crois pas qu'on a un problème plus sérieux à régler ?

— Plus sérieux que la sécurité de ma fille ?

Maya haussa les épaules.

— Je n'ai pas peur de Bregan.

Ces mots n'avaient pas plus tôt quitté sa bouche qu'elle regrettait déjà de les avoir prononcés. Les yeux de son père lancèrent des éclairs et sa colère monta soudain de deux crans.

— Tu oses faire confiance à ce tigre ?!!!

Maya avait conscience d'aller trop loin et qu'il risquait de détester sa réponse, mais les enjeux étaient trop importants pour qu'elle puisse se défiler.

— Oui. Et je le crois quand il dit qu'il fera son possible pour arrêter cette guerre.

Jolan et Maya restèrent un instant immobiles, face à face, en se toisant du regard.

— Tu es naïve, lâcha finalement Jolan.

Non, elle n'était pas naïve. Elle avait longuement réfléchi à la conversation qu'elle avait eue avec Bregan et elle était certaine qu'il lui avait dit la vérité.

— Tu dis toujours que je ne me fie à personne, que je suis trop sur mes gardes, et maintenant tu me reproches d'être naïve ? Tu ne crois pas que c'est un peu contradictoire ? lui fit-elle remarquer.

Jolan réprima une grimace. Là, elle marquait un point. Maya n'était effectivement pas le genre de personne qu'on pouvait berner facilement.

— Donc tu penses vraiment que sa proposition est sincère et qu'il compte nous livrer le meurtrier de Callen ?

Elle hocha la tête.

— Si on lui fournit ce qu'il demande, il le fera.

— Pourquoi ? Parce qu'il te l'a dit ? ricana Jolan.

— Non. Parce que c'est rationnel et qu'il n'a aucun désir de faire face à une nouvelle guerre. En tout cas, pas pour un motif aussi futile.

— Tu oublies que cette décision ne lui appartient pas. Il n'est pas encore roi des Taïgans.

— C'est vrai, en convint Maya. Cette décision appartient au Conseil des tigres. Et il ne parviendra peut-être pas à les convaincre, mais je pense qu'on devrait au moins lui laisser une chance.

Jolan la dévisagea avec un regard intense.

— Pour quelle raison ? Parce que tu crois en lui ?

Maya secoua la tête.

— Pas en lui, mais en l'espoir. L'espoir qu'il trouvera le meurtrier et qu'on pourra ainsi éviter un bain de sang. Je sais que la possibilité qu'il réussisse et qu'il puisse tenir sa promesse est infime, mais c'est la seule chance que nous ayons.

Jolan prit, pour la première fois depuis le début de leur discussion, le temps de réfléchir sereinement à la situation. Selon Maya, le jeune prince tigre semblait penser que l'assassin de Callen avait agi de son propre chef et que le Conseil des Taïgans n'était pas impliqué dans l'agression. Si Bregan ne se leurrait pas et qu'il était dans le vrai, alors cela changeait pas mal de choses. À commencer par la manière dont Jolan allait devoir envisager le problème.

— Très bien. Je te promets d'étudier la question.

— Et pour ce soir ?

— Je vais informer le Conseil de la proposition du Taïgan. Il prendra sa décision.

Maya, consciente d'avoir obtenu bien plus de Jolan qu'elle ne l'espérait, n'insista pas davantage.

— Bien, père.

Il fronça les sourcils.

— Quant à toi, nous aurons plus tard une discussion au sujet de ce garçon.

— Papa, crois-moi, c'est inutile. Je sais qui est Bregan, je sais qui je suis et je n'oublie pas que nous sommes ennemis. Il n'y a rien à ajouter, fit-elle avant de s'éloigner.

Jolan la regarda d'un air inquiet. Maya était sincère, mais le loup en savait bien trop sur les mœurs des Taïgans pour ignorer que le comportement de Bregan n'était pas aussi anodin qu'elle semblait le croire. Ne pas répondre à un défi et ne pas tuer son adversaire était inimaginable pour quelqu'un de son espèce. Pour ne pas dire contre nature. Oh bien sûr, le tigre pouvait avoir agi par calcul, dans le but de gagner sa confiance, mais Jolan n'y croyait pas. Pas après que Cléa lui eut incidemment raconté la manière dont il avait protégé Maya de l'héritier des Serpaïs. Alors quoi ? Que se passait-il vraiment entre ces deux-là ? Se pouvait-il qu'existe une véritable relation entre eux ? C'était une idée impensable, bien entendu. Et le fait même d'y songer lui donnait la nausée, mais il ne pouvait pas non plus, au vu des derniers événements, l'exclure totalement. Et ça le rendait furieux.

# 14

Insensible au vent qui lui fouettait le visage, l'homme avança dans l'obscurité sans faire de bruit et s'approcha de la première fenêtre. S'emparant d'un diamant dans son sac à dos, il découpa silencieusement la vitre, puis, à l'aide d'une ventouse, tira vers lui le morceau de verre, tendit le bras à l'intérieur, déverrouilla et souleva la fenêtre à guillotine, enjamba le rebord peu élevé, écarta le store et pénétra finalement à l'intérieur du chalet. L'habitation mesurait environ dix mètres sur dix et n'était composée que d'une seule pièce. Au centre se détachait un poêle avec sa réserve de bûches. Un bruit, un seul bruit et tu es mort, songea-t-il en regardant le lit où était endormi le vieil homme. Puis il commença lentement à se transformer. Il n'avait pas pris de risques. Il savait que le Taïgan avait perdu une partie de ses forces et que l'âge l'avait partiellement privé de son ouïe, mais il restait un Yokaï. Et les Yokaïs étaient tous des monstres.

— Bregan, y'a quelque chose qui ne va pas ? demanda Mika en levant les yeux vers son frère.

Ce dernier fixait sa tasse de lait sans bouger depuis près d'un quart d'heure et il n'avait touché ni au pâté de lièvre que sa mère, Léna, une jolie femme brune aux grands yeux verts d'une quarantaine d'années, avait posé sur la table, ni à la viande crue qu'elle lui avait servie dans une assiette.

— Mika, laisse ton frère tranquille, il a des soucis, intervint soudain Léna en soupirant.

— Ben je peux peut-être l'aider !? fit Mika.

— Non, mais c'est très gentil à toi de le proposer, lui répondit sa mère en jetant un regard discret à Bregan.

Son fils aîné ne lui avait rien dit pour ne pas l'inquiéter, mais Léna savait qu'il s'était adressé au Conseil des Taïgans la veille et que ça ne s'était pas très bien passé. Bien entendu, elle ignorait ce qu'il s'était dit et de quoi ils avaient parlé, mais Bregan était ressorti de la réunion de très mauvaise humeur et n'avait cessé de répéter en boucle : « Les imbéciles… ils ne savent pas ce qu'ils font. »

— Bregan, mange un peu, faire la grève de la faim ne les convaincra pas de t'écouter, fit-elle en tapotant doucement la joue de son fils.

— Des vieux fous, oui, voilà ce qu'ils sont ! grommela-t-il en buvant distraitement sa tasse de lait.

— Je sais que tu es notre futur roi, mais tu es jeune et tu as encore beaucoup de choses à apprendre.

Bregan leva les yeux au ciel. Le soleil inondait la pièce mais, avec sa tenue de cuir noire, son haut sombre, ses longs cheveux tressés strictement enroulés dans un bandeau de cuir et son humeur maussade, il se détachait dans les rayons tel un être de ténèbres sculpté dans la lumière.

— Maman, tu ne sais pas de quoi tu parles.

— Alors explique-moi, que je comprenne, fit-elle en s'asseyant près de lui.

— Les loups vont nous déclarer la guerre, expliqua-t-il gravement.

Le sourire de sa mère s'effaça aussitôt de son visage.

— Quoi ?

— Un Lupaï a été tué par l'un des nôtres. Mais le Conseil refuse qu'on cherche et qu'on leur désigne le responsable. Il préfère protéger un meurtrier.

— Bregan, tu… tu as proposé au Conseil de donner un de tes frères aux Lupaïs ? demanda-t-elle, choquée.

— Non. Je lui ai proposé de leur livrer un traître et un criminel, rectifia-t-il.

Léna fronça les sourcils.

— Je comprends ton point de vue mais…

— Bregan ! Viens vite ! On a un problème ! cria soudain Cook en pénétrant comme une tornade dans la cuisine.

Bregan bondit aussitôt de sa chaise et suivit immédiatement le Taïgan sans même poser de question. Du reste, c'était inutile. L'urgence contenue dans la voix de Cook en disait suffisamment long sur la gravité de la situation.

— Où m'cmmènes-tu ? demanda-t-il tandis que Cook l'entraînait vers les sous-bois de Golanwris, à l'extrémité du territoire des tigres.

— Tu le verras toi-même, se contenta de répondre Cook en accélérant.

Quelques instants plus tard, ils se retrouvaient devant un chalet isolé au seuil duquel étaient regroupés une dizaine de Taïgans, dont au moins trois membres du Conseil. Les visages étaient tendus, les traits tirés, et Bregan voyait à leur posture que ses frères de clan étaient sérieusement ébranlés.

— C'est la maison du vieux Tyr, dit Bregan en se tournant vers Cook.

Le vieux Tyr était le Taïgan le plus âgé du clan. Il aimait vivre seul et ne fréquentait pratiquement plus personne depuis la mort de sa fille unique, trente ans plus tôt. Il n'était pas méchant, mais son caractère acariâtre le rendait particulièrement pénible et la plupart de ses congénères rechignaient à l'approcher.

— Oui, confirma Cook en lui faisant signe de le suivre.

Plusieurs Taïgans se tournèrent vers eux lorsqu'ils atteignirent la porte du chalet, mais aucun d'entre eux ne songea à leur dire quoi que ce soit ou à les empêcher d'entrer. D'ailleurs, c'était inutile. Bregan savait ce qui l'attendait. L'air sentait la mort. Pas la chair en décomposition, non, mais une mort récente que son flair de félin n'eut aucun mal à distinguer. Il se tourna vers Cook. Ce dernier, prostré au milieu de la pièce, détourna la tête en prenant bien soin de ne pas regarder du côté du lit.

— Quand… comment est-ce que… ? balbutia Bregan en s'approchant du cadavre du vieux Tyr.

— Tu la sens comme moi ? se contenta de demander Cook, le visage baissé.

Bregan hocha la tête. L'odeur du loup avait imprégné toute la pièce. Et le corps du vieux Taïgan portait des traces de griffes et de crocs significatifs. Le Lupaï, ou plutôt le meurtrier, avait laissé de nombreux indices.

— Je ne comprends pas…

— Qu'est-ce que tu ne comprends pas ? C'est pourtant clair, non ? répondit sèchement Cook. Les Lupaïs se sont vengés.

Bregan avait confié à Cook la raison qui avait poussé Maya et les autres loups à se comporter si bizarrement la veille. Il lui avait aussi parlé de la proposition qu'il avait faite aux Lupaïs. Mais, si son frère de sang avait compris les motivations de Bregan, il s'était montré très réticent à l'idée de conclure ce genre d'accord avec un clan ennemi.

— Vengés ? Ça n'a pas de sens, trancha Bregan en fronçant les sourcils avant de jeter nerveusement un œil autour de lui.

La maison était trop calme pour une scène de crime. Si l'attaque avait eu lieu sur les terres neutres, en territoire humain, il y aurait eu des gens partout en train de s'agiter, de pleurer ou de crier. Au lieu de cela, le silence était si lourd que Bregan pouvait pratiquement entendre son sang battre à ses propres oreilles.

— Cesse de te voiler la face ! Les Lupaïs sont dominés par leurs bêtes, ils ne réfléchissent pas comme nous !

— Je ne me voile pas la face. Je trouve simplement que ça ne leur ressemble pas.

— Pourquoi ? Maya t'a pourtant prévenu, non ?

— Elle a parlé d'une guerre et ça…

Il s'interrompit et posa un bref moment le regard sur la dépouille sanglante du vieux Tyr avant de détourner à nouveau les yeux.

— … ce n'est pas une guerre, c'est un meurtre.

Cook le dévisagea et poussa un juron.

— Tu espérais quoi ? Qu'ils nous envoient une carte postale pour nous la déclarer cette foutue guerre !!!?

Bregan déglutit si fort que cela eut l'air douloureux.

— Maya m'a promis qu'elle parlerait à son père et…

— Maya ? Encore elle ! Elle t'a défié, tu lui as laissé la vie sauve, et en retour elle t'a poignardé dans le dos !

Bregan fronça les sourcils. Maya n'aurait jamais cautionné le meurtre d'un vieillard sans défense. De cela il était certain. Mais le Taïgan devait admettre qu'il ignorait quelle sorte d'homme était son père, Jolan. Il avait bien sûr entendu toutes sortes de choses sur le chef de la meute des Lupaïs, certaines affirmant qu'il savait se montrer raisonnable et qu'il était un homme de parole, d'autres qu'il était cruel, imprévisible et capable de toutes les perversions. Autant dire que ces données contradictoires rendaient toute analyse de l'homme ou de ses agissements complètement impossible.

— Si tu as raison, alors c'est que je la connais bien mal, répondit Bregan.

— « Si » ? Mais qu'est-ce qu'il te prend ? Elle t'a bouffé le cerveau ou quoi ? C'est une Lupaï, ceux de son espèce ne sont rien d'autre que des chiens enragés !!! Regarde !!! Regarde ce qu'ils ont fait ! hurla-t-il en désignant le corps sans vie du vieux Tyr.

Bregan ne frémit pas. À 16 ans à peine, il avait eu l'occasion de voir une multitude de cadavres. D'abord, durant la guerre qui avait opposé les Yokaïs entre eux alors qu'il n'était qu'un enfant, mais aussi durant toutes ces années où il lui avait fallu assister ou participer à de nombreux défis. Tout cela avait endurci son cœur et son âme. Mais pas suffisamment pour le priver de toute émotion. Et certainement pas de la colère qu'il ressentait à l'instant même. L'assassinat du vieux Taïgan lui laissait un goût amer dans la bouche. Le genre de goût qui ne disparaîtrait qu'une fois qu'il tiendrait le criminel entre ses griffes.

Il jeta un coup d'œil à sa montre.

— Il est bientôt l'heure d'aller à l'école…

Le visage de Cook passa immédiatement de la fureur à la sidération.

— Avec ce qu'il vient de se passer ? T'es dingue ? Il n'est pas question qu'on remette les pieds sur les terres neutres tant qu'on n'en saura pas plus. Qui sait ce qui t'attend là-bas ? Les loups vont peut-être te tendre un piège et…

— Piège ou pas, je dois y aller pour parler à Maya.

Cook inspira profondément. S'il lui restait encore des doutes sur la nature de la relation qui existait entre la louve et son frère de sang, Bregan venait de totalement les dissiper en prenant ouvertement la défense de Maya. Et il ne savait pas comment réagir. Ces deux-là étaient en train de bafouer toutes les règles.

— Sans escorte ? C'est du suicide. Tu ne sais même pas si elle y sera. Et de toute façon…

Bregan eut un sourire pincé désagréable. Un sourire dont personne n'a envie d'être le destinataire.

— Je ne suis pas en train de te demander la permission d'y aller, Cook, je t'informe que j'y vais et que j'y vais seul.

Cook le regarda et, pour la première fois depuis le début de leur conversation, il ne protesta pas. Pas parce qu'il n'en avait pas envie. Mais parce qu'il connaissait suffisamment Bregan pour savoir que c'était inutile. Toute sa colère, sa peur pour lui et sa frustration n'y changeraient rien. L'héritier des Taïgans avait pris sa décision, et rien ni personne ne le ferait à présent changer d'avis. Pas quand il avait ce regard-là.

— Entendu. Mais sois prudent.

Bregan acquiesça.

— Tu me connais…

Cook, le cœur lourd, se força à sourire.

— Justement.

# 15

Libre. Nel se sentait libre. Se laissant porter par le courant d'air, elle planait légère et heureuse en direction des terres neutres en essayant d'oublier qu'elle allait bientôt devoir se retransformer pour se rendre à l'école. Cette maudite école sans intérêt. Et ça la frustrait. À quoi bon étudier l'histoire des hommes ? À quoi bon apprendre la couture ou la poterie ? Tous ces enseignements n'étaient d'aucune utilité de toute façon. Humains et Yokaïs n'étaient pas assujettis aux mêmes règles. Ils ne vivaient ni ne pensaient de la même façon. Et les Rapaïs encore moins que les autres. D'abord, parce qu'ils passaient le plus clair de leur temps sous leur forme animale, et ensuite parce qu'ils vivaient dans un monde fait de parois de roches blanches déchiquetées, de gouffres profonds, de ravins escarpés, de givre et de pics de granit. Un monde où aucun humain ordinaire ne pouvait survivre, un monde que les bipèdes ne comprendraient jamais.

« Allez ma vieille, il est l'heure », songea-t-elle en poussant un soupir intérieur.

Peu pressée d'atterrir, elle se gorgea une nouvelle fois de la sensation du vent caressant ses ailes, puis commença lentement sa descente en regardant négligemment vers le sol. La forêt qui entourait l'école était gigantesque. Comme elle cherchait de ses yeux perçants la clairière où elle avait l'habitude de se transformer, son regard fut soudain attiré par un mouvement inhabituel. Dix hommes armés de fusils s'étaient déployés en rangée comme pour une battue et se déplaçaient silencieusement au milieu des arbres.

« Bon sang, que font-ils ici, ceux-là ? », se demanda-t-elle tandis qu'une sonnette d'alarme retentissait à l'instant dans son esprit.

Il était plutôt rare de voir des humains avec des fusils. Les armes humaines avaient pratiquement toutes disparu et celles qu'ils avaient conservées dataient du temps des anciennes guerres et n'étaient généralement utilisées que pour la chasse au gros gibier. Alors quoi ? Qui étaient ces hommes ? Des chasseurs ? Des braconniers ? C'était peu probable. Prudente, elle remonta rapidement vers le ciel.

Mika courait à travers les plaines et les champs en prenant grand soin de rester suffisamment éloigné de la route pour ne pas se faire repérer. Il n'avait pas peur mais il ne pouvait s'empêcher de se sentir coupable. Maman risquait d'être très inquiète quand elle découvrirait qu'il lui avait désobéi et qu'il était parti. Mais que pouvait-il faire d'autre ? Il avait rendez-vous avec Nel et c'était sa dernière chance de pouvoir la revoir. Maman ne le lui avait pas dit clairement, mais il n'était pas idiot, il avait entendu ce que Bregan avait révélé sur les loups peu de temps avant que des voisins ne viennent informer sa mère de la mort du vieux Tyr et il savait ce que cela signifiait. Si une guerre éclatait entre les clans, c'en était fini de l'école ou de ses jeux et de ses rencontres secrètes avec Nel. Quant à Maya… Maya deviendrait à jamais son ennemie. Et ça, son cœur avait du mal à l'accepter.

Nel volait haut, trop haut pour que des yeux humains puissent la remarquer. Mais la Rapaï n'ignorait rien de ce qu'il se passait au sol. Les hommes ne se déplaçaient plus. Ils s'étaient postés derrière des arbres, à plusieurs mètres les uns des autres, non loin de la clairière où Mika et elle avaient l'habitude de se retrouver. Et ils semblaient attendre quelque chose. Quoi ? Nel n'en avait aucune idée, mais à les voir surveiller discrètement les élèves qui se tenaient devant la grille de l'école, elle pressentait que ce n'était pas bon signe. Yokaïs comme humains étaient tous à portée de tir et formaient de parfaites cibles.

Maya s'était rendue à l'école de bonne humeur et le cœur un peu plus léger que la veille. Le Conseil avait délibéré une partie de la soirée et, après maintes discussions, il avait fini par accepter non seulement de suspendre les représailles contre le clan Taïgan, mais aussi d'accorder à Bregan un délai de deux jours pour découvrir lequel de ses tigres avait tué le pauvre Callen. Pour l'aider dans cette tâche, Jolan avait, peu avant son départ pour l'école, confié un sac à Maya contenant les échantillons de poils et de peau demandés par le prince des Taïgans. Un sac que la louve tenait à présent fermement dans sa main.

— Tu comptes l'attendre encore longtemps ? Les cours vont bientôt débuter, remarqua Cléa en soupirant.

Maya haussa les épaules.

— Les cours sont le cadet de mes soucis, répondit Maya en regardant la grille de l'école d'un air inquiet.

Cléa fronça les sourcils.

— Je ne vois vraiment pas pourquoi tu t'es mêlée de cette histoire. Tu imagines ce qu'il va t'arriver si Bregan ne tient pas sa promesse ?

— Tu ne lui fais pas confiance, hein ? devina Maya.

— Bien sûr que non je ne lui fais pas confiance, c'est un Taïgan.

— Taïgan ou pas, Bregan tient toujours parole et tu le sais.

— Ah oui ? Alors qu'est-ce qu'il fiche ? Pourquoi n'est-il toujours pas là ? D'ailleurs…

Elle balaya le parvis du regard.

— … je ne vois aucun membre de son clan.

Maya jeta un œil autour d'elle et acquiesça d'un air agacé.

— C'est bien ce qui m'inquiète, figure-toi.

Mika aperçut les bois avec soulagement. Il était en retard et il n'était pas certain que Nel soit toujours là à l'attendre, mais il accéléra tout de même en se frayant un passage dans la végétation touffue. Se déplacer sous sa forme animale était toujours bien plus facile que sous sa forme humaine. Un tigre, même petit, ayant toujours bien plus d'endurance qu'un jeune garçon. Émettant un feulement pour avertir Nel de sa présence, il se faufila entre les buissons et se mit une nouvelle fois à accélérer.

Nel poussa un cri de mécontentement en apercevant la silhouette de Mika à travers la cime des arbres. Ce dernier, inconscient du danger, fonçait droit vers la clairière et les hommes aux fusils. Songeant rapidement à atterrir pour le prévenir, elle tournoya au-dessus des arbres mais elle ne distingua, à l'exception de la clairière, aucun endroit approprié. Les arbres étaient bien trop proches les uns des autres pour qu'elle puisse avoir la place de se poser, trop proches pour qu'elle puisse même songer à attraper Mika entre ses griffes pour l'emmener dans les airs. Non, non, il lui fallait trouver autre chose avant que ces bipèdes ne lui fassent du mal. Ou plutôt quelqu'un. Il lui fallait de l'aide. D'un coup d'ailes elle se dirigea au-dessus de l'école et piqua droit sur le parvis où se tenaient Maya et les autres Lupaïs.

— Tiens, c'est bizarre, dit Cléa en levant la tête vers le ciel, il n'y a aucun nuage, pourquoi le soleil a-t-il disparu si…

— Cléa ! Attention Rapaï ! hurla Maya en apercevant l'aigle gigantesque qui fonçait droit sur elles.

Agrippant Cléa par le bras, elle l'entraîna plusieurs mètres plus loin en courant. Nel lança un chapelet de cris perçants destinés à avertir les Yokaïs qui se trouvaient encore sur le parvis de s'éloigner. Puis elle continua à descendre comme un boulet de canon avant de se poser si lourdement sur le sol que la terre se mit à trembler.

— Mais qu'est-ce que… ? Il est dingue ! gronda Cléa en s'apprêtant à se transformer.

— Non, non, attends…, fit Maya en posant sa main sur son bras.

L'aigle était en train de changer et de laisser place à une jolie petite fille d'une douzaine d'années.

— C'est Nel…, fit Maya tandis que les Yokaïs qui n'avaient pas fui en courant se rapprochaient doucement.

Cléa haussa les sourcils.

— L'héritière des Rapaïs ? Mais qu'est-ce qui lui prend ? Elle a perdu la tête ?

Nel ramassa le petit sac qu'elle tenait accroché à son cou et en sortit quelques vêtements.

— Maya, viens vite ! J'ai besoin de ton aide ! cria-t-elle à la louve, tout en enfilant sa robe.

La Lupaï lui jeta un regard surpris.

— Qui ? Moi ?

— C'est Mika ! Mika est en danger ! Tu es son amie, non ?

La louve écarquilla les yeux. Mika ? En danger ?

— Mika, c'est bien le frère de Bregan, non ? demanda Cléa en se tournant vers Maya.

Cette dernière ne répondit pas et se concentra sur Nel.

— Où est-il ?

— Des tireurs sont embusqués dans les bois, Mika se dirige droit vers eux et je ne peux pas…

Nel n'eut pas le temps de terminer sa phrase qu'un sifflement se fit entendre. Aussitôt après, une tache rouge apparut sur la robe verte de la fillette.

— Couchez-vous ! On nous tire dessus ! hurla Maya en bondissant sur la jeune Rapaï pour la faire basculer sur le sol avant de jeter un œil autour d'elle.

Par chance, il ne restait pratiquement aucun humain dans les parages. La plupart, soit étaient déjà entrés en classe, soit avaient fui à l'arrivée de la Rapaï. Maya se tourna vers Cléa, Morwin et les quatre autres Lupaïs et leur fit signe de se déplacer. Elle commençait à tirer

Nel, inconsciente, doucement par les bras pour la mettre à l'abri lorsqu'elle entendit une voix familière.

— Pourquoi est-ce que tu l'aides ? Laisse-la…

Tournant légèrement la tête, elle croisa le regard de Wan. Le prince des Serpaïs n'avait rien manqué du spectacle et ses yeux mauves luisaient d'excitation.

— Ce n'est qu'une petite fille !

— C'est une Rapaï, la contredit sèchement Wan.

— Wan, ou tu te tires ou tu nous aides, mais ne commence pas à m'énerver, je ne suis pas vraiment d'humeur !

— Vous aider ? fit Wan comme si elle venait de dire quelque chose d'incongru.

Une balle siffla au-dessus de sa tête et le manqua de peu.

— Au cas où tu ne l'aurais pas remarqué, des gens sont en train d'essayer de nous tuer, persifla-t-elle en le voyant se jeter sur le sol à son tour.

Puis elle tira une nouvelle fois Nel jusque derrière un arbre et, avant de commencer à changer, ordonna à Cléa qui se tenait près d'elle :

— Occupe-toi de la petite, je me charge du reste. Loups, avec moi !

Morwin et les quatre autres Lupaïs qui étaient toujours allongés sur le sol acquiescèrent, coururent à une vitesse surhumaine en essuyant quelques tirs et trouvèrent un abri avant de se transformer à leur tour.

— Si vous croyez que je vais vous laisser vous amuser tous seuls, vous rêvez ! grommela Wan, ses yeux mauves flamboyant de rage.

Mika stoppa sa course dès qu'il entendit les coups de feu. Attention, chasseurs, l'alerta son esprit. Bregan l'avait averti. Il ne devait pas s'approcher des hommes lorsqu'ils étaient armés. C'était dangereux. Les Yokaïs avaient beau être difficiles à tuer quand ils étaient sous leur forme animale, ils n'étaient pas invulnérables pour autant. Et les petits, comme Mika, l'étaient encore moins que les autres. Il ne savait pas à quoi c'était dû. Peut-être était-ce parce que les grands avaient plus de muscles ou de graisse pour les protéger des impacts de balles, ou peut-être était-ce parce qu'ils étaient plus résistants. Mais c'était la vérité : les enfants Yokaïs étaient aussi fragiles que des humains quand on leur tirait dessus. Poussant un soupir, il leva la tête et huma l'air. Les hommes n'étaient pas loin. Cent mètres tout au plus. Et ils étaient nombreux. En tout cas, bien plus nombreux que les groupes de chasseurs qu'il avait l'habitude d'apercevoir depuis les terres des tigres. Que venaient-ils faire dans les parages ? Mika n'en avait aucune idée. Mais on ne pouvait pas dire que leur présence l'enchantait. Il s'apprêtait d'ailleurs prudemment à faire demi-tour lorsque l'image de Nel s'insinua soudain dans sa tête. Oh bon sang ! Mais où était-elle ? Avait-elle entendu les coups de feu ? S'était-elle sauvée ? Humant de nouveau l'air, il prit une grande inspiration, tenta de repérer l'odeur de la Rapaï et tomba inopinément sur une senteur familière. Une senteur chaude et sucrée qu'il n'eut aucun mal à identifier : Maya.

— Vous avez perdu l'esprit ? Qu'est-ce qu'il vous a pris de tirer sur la gamine ? hurla un grand homme baraqué aux cheveux roux en direction de ses compagnons.

Cachés derrière les arbres, ils étaient à peine visibles. L'un d'entre eux pivota légèrement.

— Quoi ? C'est pour ça qu'on est venus, non ?

— On est venus pour la fille aux cheveux blancs et pour ce salopard de tigre !

— Eh ben quoi ? Elle était là aussi, non ?

L'homme aux cheveux roux cracha par terre avant de répondre d'un ton hargneux :

— Ah oui ? Alors où est-elle, hein ? Où est-elle passée ? Tu le sais, toi, crétin !?

— Bah ! elle doit pas être bien loin et si on…

L'homme s'interrompit et écarquilla les yeux tandis que le monde autour de lui semblait pousser un rugissement dévastateur.

— Loups ! Loups ! hurla l'homme aux cheveux roux en braquant son arme vers les buissons.

Il eut le temps de tirer un coup, puis deux avant qu'une énorme bête poilue ne s'abatte sur lui et ne lui arrache un bras. Assistant hébétés à la scène et tremblant de peur, ses comparses cherchèrent une cible, pointèrent leurs armes sur les bêtes, mais en vain. Les Lupaïs fondaient déjà sur eux comme une bourrasque incandescente. Une bourrasque surgie tout droit de l'enfer.

— Eliazad, attention à ta gauche ! cria un grand homme brun à un homme à la longue tignasse blanche.

Mais trop tard. Maya le maintenait allongé sur le sol. Les dents de l'homme aux cheveux blancs claquèrent, ses cheveux se dressèrent sur sa tête et un hurlement mourut dans sa gorge…

— Saleté de monstre ! hurla un homme chauve en tirant plusieurs coups de feu sur Maya qui fonçait dans sa direction.

L'une de ses balles atteignit la louve au flanc mais ça n'arrêta pas sa course pour autant. Bondissant sur celui qui venait de tirer, elle le saisit à la gorge et d'un coup de crocs le décapita.

— Pff… crâneuse, soupira Morwin en regardant la tête de l'homme chauve rouler sur le sol.

— Concentre-toi, espèce d'idiot ! Derrière toi ! gronda Maya en lui montrant un gros homme à moustaches qui visait l'arrière de son crâne avec son fusil.

Morwin, surpris, eut juste le temps de tourner son immense gueule vers lui avant de s'écrouler.

Le gros homme, lui, eut juste le temps d'esquisser un sourire, puis tomba à genoux à son tour, éventré par un coup de griffes.

Wan s'amusait comme un petit fou et regardait d'un air ravi les Lupaïs massacrer les humains. Enfin, enfin, cette école commençait à présenter un minimum d'intérêt. Ce n'était pas trop tôt. Le Serpaï s'ennuyait tellement ces derniers temps qu'il envisageait sérieusement d'incendier cet endroit assommant.

— Ahhhh !!!!! C'est quoi, ça ? cria un homme blond d'une vingtaine d'années en se figeant, terrifié.

Mesurant au moins six mètres de long et entièrement recouvert d'écailles noires, un serpent géant le toisait en oscillant la tête de gauche à droite comme un métronome.

— Serpaï ! Cours ! répondit un autre en prenant ses jambes à son cou.

Mobilisant les dernières ressources de sa volonté, l'homme blond s'apprêtait à s'éloigner à toute vitesse lorsqu'un sifflement d'avertissement le figea sur-le-champ. Ne regarde pas, ne regarde pas, se dit-il, mais ce fut plus fort que lui. Il leva lentement la tête et croisa les immenses yeux mauves du serpent géant. Des yeux qui semblaient l'observer depuis les ténèbres. Oh mon Dieu ! pensa-t-il tandis que ses jambes se dérobaient littéralement sous lui. Il avait entendu de nombreuses rumeurs sur les Serpaïs mais peu d'humains pouvaient se vanter d'en avoir rencontré, et les rares fois où c'était arrivé, personne n'avait jamais osé en parler. Il comprenait à présent pourquoi.

— Attends, attends…, balbutia-t-il en fixant les pupilles horizontales du serpent géant, ce n'était pas pour toi… On ne… on ne te voulait aucun mal… C'était pour les autres… la fille loup et le Taïgan… le costaud qui a les cheveux longs…

Wan siffla de nouveau. Bregan et Maya. Ces hommes étaient venus pour tuer Bregan et Maya. Concernant le Taïgan, le Serpaï n'avait rien contre. Bregan lui tapait singulièrement sur les nerfs et il le trouvait terriblement irritant. Mais concernant Maya… c'était une autre histoire. Maya l'amusait. Elle était l'une des rares personnes qui parvenait à le distraire de son ennui. Elle ne craignait ni d'exprimer ses opinions ni de le rabrouer. Et même si le Serpaï savait qu'une guerre pouvait éclater à tout moment et qu'il lui faudrait alors affronter la louve et la tuer, il n'avait pas pour autant l'intention de laisser de stupides humains le priver de l'un de ses rares objets de distraction.

— Désolé, humain, mais la louve est à moi, siffla-t-il en ouvrant sa gigantesque mâchoire.

L'homme ne cria pas. Il avait dépassé le stade de la peur et des hurlements désespérés. Il regarda sans bouger les longs crochets du serpent se refermer sur lui et ferma les yeux.

Mika ne pouvait pas s'empêcher de trembler. Il avait beau se répéter que les humains devaient avoir fait quelque chose de mal pour avoir ainsi provoqué la colère des Lupaïs, il était pétrifié par le carnage auquel il venait d'assister. Oh bien sûr, il avait déjà vu des combats au sein de son clan mais il n'avait jamais été confronté à un tel déchaînement de sang et de violence. Non, jamais. C'était comme s'il avait été brusquement transporté dans un cauchemar. Un cauchemar qui se serait déroulé dans un monde dont il n'avait jamais soupçonné l'existence.

— Mika, tu es là ? Tu m'as fait une belle peur, tu sais ? dit Maya en grondant de soulagement.

Elle avait cherché le petit Taïgan dès la fin des combats et l'avait trouvé à une centaine de mètres de la clairière, accroupi sur le sol. Il était nu et sous forme humaine, mais il ne semblait pas blessé.

— Mika ? Tu vas bien ?

Ce dernier regarda le pelage blanc maculé de sang de la louve, les yeux exorbités.

— Mika ? fit-elle en s'approchant de lui.

Terrorisé, il recula de quelques pas et chuta sur les fesses.

— N'aie pas peur, c'est moi, c'est Maya, grogna-t-elle doucement.

Mais l'enfant restait comme en état de choc, les yeux grands ouverts, sans faire le moindre mouvement, à la fixer.

— Bon, puisque tu ne me comprends pas, je crois que je n'ai pas le choix, dit-elle en commençant à se transformer.

Indifférent aux gémissements des blessés ainsi qu'aux nombreuses flaques de sang que le sol humide de la forêt peinait à absorber, Bregan avança lentement à travers la clairière. Les Lupaïs étaient partout. Tous sous leur forme animale. Mais contrairement à ce que redoutait le Taïgan, ils étaient bien trop occupés à dévorer les cadavres de leurs ennemis pour lui prêter la moindre attention.

— Tu arrives trop tard, Taïgan, la partie de rigolade est finie, siffla tout à coup Wan en le fixant de ses grands yeux mauves.

Bregan tourna la tête vers lui.

— Où sont-ils ? Où sont mon frère et Maya ? feula-t-il sans comprendre ce que venait de dire le Serpaï.

Wan sourit intérieurement. Il n'avait pas besoin de connaître le langage des tigres pour comprendre ce que Bregan lui demandait. Les Taïgans étaient si prévisibles…

— Ils sont là-bas. Quoi ? Tu ne les sens pas ? Ne me dis pas que tout ce sang perturbe ton redoutable odorat ? fit-il en pointant sa gigantesque queue de l'autre côté de la clairière.

Bregan suivit instinctivement la direction que le Serpaï lui indiquait et sentit soudain son cœur s'emballer en voyant la dépouille d'un loup étendue trente mètres plus loin sur le sol.

— Maya ! fit-il en courant avant de freiner brusquement.

Non, ce n'était pas Maya. Ce n'était pas son odeur. Et le pelage du loup n'était pas blanc, mais d'un gris très clair. Morwin. La dépouille avait la senteur de Morwin. Profondément soulagé, Bregan poursuivit son chemin.

— Mika, c'est moi, tu me reconnais maintenant ? demanda Maya, une fois transformée, en s'accroupissant doucement devant le jeune Taïgan.

Mika leva la tête et répondit avec ses yeux.

— Je suis venue te chercher afin de te protéger. Il y avait des hommes, des hommes très méchants dans cette forêt. Mais tu n'as plus à avoir peur à présent.

Il la dévisagea de ses grands yeux sombres. Maya ressemblait à une humaine mais la louve en elle n'avait rien d'humain. La louve en elle était une bête sauvage et cruelle. La louve en elle était une créature terrible et effrayante. Il ouvrit la bouche pour répondre mais les mots restèrent coincés dans sa gorge.

— Mika, tu as tout vu, n'est-ce pas ? Tu nous as vus tuer les méchants hommes ? devina-t-elle.

Il hocha la tête.

— J'aurais voulu que les choses se passent autrement et que tu puisses rester ce petit garçon insouciant et adorable que j'ai rencontré il y a peu, mais je ne te mentirai pas : c'est ce que nous sommes, nous les Yokaïs. Il ne s'agit pas seulement de moi ou des miens, mais de nous tous. Nous sommes des guerriers. Nous sommes les protecteurs de ce monde.

— Il… il y avait du sang, plein de sang… balbutia Mika en lui lançant un regard de reproche.

Maya ne détourna pas les yeux et soutint fermement son regard.

— Je sais. Mais ces humains le méritaient. Ils ont tiré sur Nel, ils ont…

Les lèvres de Mika se mirent soudain à trembler.

— Nel ?

— Oui.

— Elle… elle est morte ? demanda-t-il tandis que des larmes lui montaient aux yeux.

— Je l'ignore.

— Maya ! Mika ! Attention ! feula Bregan en avalant en deux bonds la distance qui le séparait de son frère et de la louve.

Maya, surprise, s'apprêtait à lui demander s'il n'était pas malade de leur faire une peur pareille lorsqu'elle vit soudain un homme surgir de derrière un arbre et braquer un fusil dans leur direction.

— Mika, couche-toi ! hurla-t-elle en le faisant basculer sur le sol.

Les détonations se firent entendre jusqu'à l'autre bout de la forêt. Du gros calibre, songea immédiatement, Maya étonnée d'être toujours en vie. Tournant la tête, elle vit que Bregan ne se tenait plus à ses côtés : il s'était jeté sur le tireur et était en train de le dépecer. Tout s'était déroulé en un éclair, à peine le temps d'un battement de cœur. Bon sang, ce qu'il est rapide, c'est dingue ! Comment est-ce qu'il fait ça ? songea-t-elle avant de se relever.

— Maya ? Ça va ? demanda Mika, toujours allongé sur le sol, en levant vers elle un regard affolé.

— Oui, ne t'inquiète pas, ça va, répondit-elle en remarquant quelques taches de sang frais à l'endroit où se tenait Bregan quelques secondes plus tôt.

Il les avait protégés. Bregan s'était interposé et il avait essuyé le plus gros des tirs. Il devait probablement être blessé. Mais vu la fureur avec laquelle il continuait à s'acharner sur le corps de l'humain probablement déjà mort, Maya jugea qu'il n'y avait pas de quoi s'inquiéter.

— Et Bregan ? demanda Mika en se relevant. Où est...

Maya réagit aussitôt. Mika en avait déjà vu bien plus qu'il n'aurait dû. Elle n'avait pas l'intention de le laisser découvrir le sort que son frère avait réservé à l'humain. Pas si elle pouvait l'empêcher.

— Ne regarde pas, Mika. Ne regarde pas, dit-elle d'une voix douce en posant les mains sur ses yeux.

# 16

Cléa avait découpé un bout de tissu pour confectionner un bandage et endiguer l'hémorragie dont Nel était victime. La balle avait traversé son épaule de part en part en formant, à la sortie, un grand trou dans son omoplate gauche. La louve n'y connaissait pas grand-chose, mais même si la blessure avait sévèrement sonné la petite fille et qu'elle avait perdu beaucoup de sang, le projectile n'avait touché aucun de ses organes vitaux et les battements de son cœur restaient forts et réguliers. Ce que la Lupaï jugeait assez rassurant.

— Cléa ! Vous allez bien ? demanda d'une voix inquiète monsieur Antapoulos, le directeur de l'école, en approchant.

Plusieurs élèves le suivaient en chuchotant.

— Nous avons entendu des coups de feu et des élèves sont venus m'avertir que…

Il s'interrompit en apercevant Nel. Une goutte de sueur glissa le long de sa grosse joue ronde et il gratta son crâne chauve d'un air à la fois choqué et perplexe.

— Qu'est-il arrivé à cette enfant ?

— Des humains lui ont tiré dessus.

— Pardon ? fit-il en remontant nerveusement ses lunettes sur son nez.

— Des humains lui ont tiré dessus, répéta Cléa en plissant les yeux.

— C'est impossible, vous devez faire erreur, répondit-il d'un ton incrédule.

La louve posa sur lui un regard si menaçant qu'il recula d'un pas. Cléa n'avait plus rien de l'adolescente coquette et rieuse qu'il avait l'habitude de voir sourire dans les couloirs. Non. Là elle le regardait comme si elle était une bête affamée et lui, un tas de nourriture. Une nourriture qu'elle s'apprêtait à dévorer.

— Je ne fais pas erreur, directeur. J'étais là. J'ai tout vu.

Il déglutit.

— J'ai… j'ai beaucoup de mal à croire que quelqu'un ait voulu sciemment blesser cette petite fille… Ça ne peut être qu'un accident… un chasseur maladroit ou…

Cléa esquissa un rictus.

— C'est ça, oui…

— Cléa, je vous assure que je vais faire la lumière sur toute cette histoire et que je vais trouver les personnes responsables de ce…

— Ne vous donnez pas cette peine. Ces personnes sont déjà mortes à l'heure qu'il est, ricana la louve avec un sourire en coin.

Monsieur Antapoulos devint soudain pâle comme un linge et les quelques élèves qui les entouraient poussèrent des gémissements étouffés.

— Co… comment ?

— Vous devriez partir, directeur, se contenta-t-elle de répondre, croyez-moi, c'est plus prudent.

Il jeta un regard embarrassé vers Nel.

— Mais pour l'enfant, il faut la soigner, c'est peut-être grave…

Cléa secoua la tête.

— Je m'occupe d'elle.

— Mais elle est sous ma responsabilité, elle…

— Non. Elle est sous la mienne, gronda Cléa d'un ton qui ne souffrait aucune contradiction.

Le directeur hésita puis acquiesça. Il ne détestait pas les Yokaïs. Il ne les considérait pas comme des monstres et ne les craignait pas, mais il n'en oubliait pas pour autant ce qu'ils étaient ni à quel point ils pouvaient être dangereux. Il préféra ne pas risquer de la contrarier davantage.

— Il faut prévenir les parents de cette petite, je vais voir ce que je peux faire, répondit-il avant de s'éloigner.

Bon courage, songea Cléa. Atteindre le village des Rapaïs nécessitait d'avoir des ailes. Sans ailes, il n'existait aucun moyen d'y parvenir. C'était l'endroit le plus inaccessible et le mieux protégé de ce monde, et l'une des raisons pour lesquelles les jeunes aigles rejoignaient les frontières des terres neutres en volant avant de se transformer et de terminer tranquillement leur trajet en chariot.

Les Lupaïs jetaient des regards interrogateurs à Maya en attendant ses ordres. Il n'y avait à présent plus aucune trace de leurs assaillants. Ni peau, ni chair, ni os, mais seulement ici et là un arbre déraciné ou quelques traces rouges sur le sol qu'une bonne pluie ne tarderait pas à faire disparaître. Non, il n'y avait plus rien, à l'exception du corps sans vie de Morwin.

La louve s'approcha de lui et soupira. Elle ne l'aimait pas. Non, elle ne l'aimait pas du tout, mais il était mort pour la meute, mort en combattant comme un vrai guerrier, et il faisait partie des leurs. Il n'était pas question de l'abandonner.

— Emmenez-le. Je vous rejoindrai plus tard, fit-elle calmement.

— Tu devrais rentrer avec eux, ce serait plus prudent, suggéra Bregan.

— Prudent ? Prudent pour qui ? demanda-t-elle d'une voix sourde.

C'est justement la question, songea le Taïgan en regardant les loups reprendre forme humaine puis emporter le corps de Morwin en courant.

Maya poussa un soupir dès qu'ils eurent disparu.

— Je ne peux pas rentrer maintenant. Ma mission n'est pas terminée, expliqua-t-elle en levant les yeux vers Bregan.

— Ta mission ?

Elle hocha la tête.

— C'est à moi qu'il revient de te l'annoncer : le Conseil a accepté ton offre et mon père m'a confié un sac de prélèvements qui…

Elle s'interrompit et écarquilla les yeux.

— Le sac ! Merde ! Le sac !!! s'écria-t-elle en tentant de se rappeler l'endroit où elle l'avait posé.

— Quoi, le sac ? Quel sac ? Le Conseil des Lupaïs a vraiment accepté mon offre ? demanda Bregan, étonné.

— Oui, et ils t'ont accordé un délai de deux jours pour leur livrer le meurtrier de Callen.

Il la regarda d'un air grave. Si Maya disait vrai, alors c'était qu'il avait vu juste : les loups n'avaient pas assassiné le vieux Tyr. Ils n'avaient pas essayé de se venger. Ils ne leur avaient pas déclaré la guerre.

— Un Taïgan, le vieux Tyr, a été tué cette nuit.

— Sérieusement ? Mais qu'est-ce que ça à voir avec… ? Non, ne me dis pas que tu penses que…

Elle inspira profondément et tenta de reprendre un ton calme.

— Mon clan n'a rien à voir là-dedans, Bregan. Je te le jure.

— Je te crois, mais je suis probablement le seul dans ce cas, Maya.

— Génial. Alors, qu'est-ce qu'on fait ?

Bregan haussa les épaules.

— Deux Yokaïs sont morts et on vient de se faire attaquer par des humains, ça ne peut pas être une coïncidence…

— Pas de doute : votre vie est bien plus intéressante que la mienne, fit soudain une voix dans leur dos.

Bregan et Maya tournèrent la tête et croisèrent le regard de Wan. Le Serpaï avait repris forme humaine et il affichait un sourire amusé.

— Qu'est-ce que tu fais encore là, toi ?

Wan continuait de sourire.

— J'entends, j'écoute, je m'instruis…

— C'est une conversation privée, répliqua Bregan, agacé.

— Privée ? Nous sommes des Yokaïs, si tu voulais une conversation privée, il fallait vous éloigner davantage.

Bregan le fusilla du regard.

— Je crois que je vais te tuer.

— Pas question. Si quelqu'un doit tuer le rampant, ce sera moi.

Tournant la tête au même instant, Bregan, Maya et Wan aperçurent Nel. La fillette avançait vers eux, soutenue par Cléa.

— Approche, Rapaï, que je te plante mes crocs dans le cou ! siffla Wan en la mitraillant du regard.

— J'éviterais les menaces si j'étais à ta place : ma robe préférée est pleine de sang et ça m'a rendue d'une humeur de dogue, répliqua la fillette d'un ton glacial.

Bregan réprima une grimace. Il avait beau connaître la haine viscérale qu'éprouvaient les aigles envers les serpents, entendre la petite Rapaï blessée menacer froidement de mort le Serpaï lui sembla soudain profondément anormal. Anormal et flippant.

— Nel ! Nel !!! Tu vas bien ? hurla soudain Mika en se précipitant vers elle.

Maya et Bregan le suivirent des yeux d'un air surpris. Le petit Taïgan n'avait pratiquement pas prononcé un seul mot depuis qu'ils avaient repris le chemin de la clairière.

— Oui… je me suis inquiétée pour toi, tu sais ? fit Nel en se forçant à sourire.

— Maya m'a dit que des méchants t'avaient blessée, c'est vrai ?

— C'est vrai, mais ça va aller, je ne veux pas que tu t'en fasses pour moi, d'accord ?

Bregan fronça les sourcils puis avança à son tour vers la Rapaï.

— J'ai appris ce que tu as fait pour mon petit frère. Je te remercie, dit-il en s'inclinant.

Nel rougit légèrement en dépit de son teint pâle.

— Tu n'as pas à me remercier.

Puis elle flageola.

— Cléa, pourquoi l'as-tu ramenée ici ? demanda Maya, un reproche dans la voix. Tu ne vois pas qu'elle a besoin de repos ?

Cléa grimaça.

— C'est exactement ce que j'ai essayé de lui expliquer mais elle n'a rien voulu entendre, elle s'inquiétait pour lui, soupira-t-elle en désignant Mika du doigt.

— Bon, on peut en revenir aux choses sérieuses ? intervint Wan à Bregan avec impatience. Vous parliez de quoi déjà ? Ah oui, vous cherchiez un lien entre les deux meurtres et l'attaque d'aujourd'hui…

— Des… meurtres ? interrogea Nel, étonnée.

Bregan ne répondit pas et se concentra sur Wan.

— Je ne vois pas en quoi ça te concerne. Va-t'en !

— Et elle, alors ? Pourquoi elle reste, elle ? rétorqua le Serpaï en regardant Nel.

— Moi, je… je me suis fait tirer dessus, et toi ? C'est quoi ton excuse ? balbutia Nel.

— Moi, je m'ennuie.

Maya le dévisagea sévèrement.

— Ça n'a rien de drôle, Wan.

— Vous voulez la vérité ? Très bien : qu'on tue des Taïgans et des Lupaïs, je m'en fiche, que vous vous étripiez, je m'en fiche aussi, mais que des humains osent s'en prendre à des Yokaïs quels qu'ils soient… je ne m'en fiche plus du tout, déclara le Serpaï soudain très sérieux.

— Aux « Yokaïs quels qu'ils soient » ? ricana Nel en toussant. Je suis flattée.

— Ne t'excite pas, fillette. Je parlais surtout de moi. L'un d'entre eux a tenté de me flinguer à deux reprises.

— Dommage qu'ils t'aient loupé, répliqua Nel en grimaçant de douleur.

À l'exception de Mika qui semblait reparti dans ses songes, tous levèrent les yeux au ciel.

— Ça suffit vous deux ! tonna Bregan.

— Je ne voudrais pas en rajouter, mais j'aimerais comprendre : Wan a parlé non pas d'un, mais de deux meurtres ? Tu pourrais m'expliquer ? demanda Cléa en se tournant vers le Taïgan.

Quelques minutes plus tard et après avoir répondu à diverses questions, Bregan termina son récit. Un récit dont Nel, Wan, Cléa et même Mika n'avaient pas perdu une miette.

— Les Lupaïs ont vraiment accepté le marché que Bregan leur a proposé ? Wouah, je ne les pensais pas si raisonnables ! persifla Wan.

— Qu'on l'ait accepté ou pas, ça ne change rien. Si les Taïgans pensent qu'on s'est vengés en tuant l'un des leurs, ils ne nous livreront pas le meurtrier de Callen de toute façon, fit Maya en soupirant.

— Alors qu'est-ce qu'on fait de ça ? On le jette ? demanda Cléa en tendant un petit sac de toile qu'elle tenait discrètement dans sa main gauche.

Maya se fendit d'un sourire de soulagement.

— Le sac ! Tu sais que tu es géniale !? s'exclama-t-elle.

— Je sais, répondit Cléa en lui rendant son sourire.

— Qu'est-ce que c'est ? s'enquit Bregan.

— Ce que tu nous as réclamé : des prélèvements de poils et de peaux de Callen, la sentinelle qui a été tuée, expliqua Maya.

Bregan s'approcha aussitôt du sac, le saisit et plongea son nez à l'intérieur durant une bonne minute. Puis il releva la tête avec une expression perplexe.

— Je distingue effectivement l'odeur d'un Taïgan, mais je ne la reconnais pas. Celui ou celle qui a fait ça n'appartient pas à mon clan.

— J'en étais sûre, ricana Cléa d'un air qui laissait clairement entendre qu'elle n'en croyait pas un mot, j'étais sûre qu'il dirait ça !

— Je suis sérieux. Je vous promets qu'il ne s'agit pas de l'un des miens, insista Bregan.

— Comment est-ce possible ? s'étonna Maya. Vous êtes le seul clan tigre.

— Tous les Yokaïs ne vivent pas forcément au sein d'un clan, remarqua sagement Nel.

Bregan secoua la tête.

— Les solitaires ne viennent pas sur nos terres.

— Mais ils sont là, ils existent, rétorqua Wan.

Aucun d'entre eux n'en avait jamais vu, mais tous savaient qu'il existait d'autres Yokaïs, des Yokaïs ayant choisi de vivre d'une manière plus sauvage, des Yokaïs qui ne voulaient avoir aucun contact ni avec les clans, ni avec les humains.

— D'accord, admettons qu'un Taïgan solitaire se soit perdu et qu'il soit tombé par hasard sur votre sentinelle et qu'il l'ait ensuite tuée, ça n'explique pas ce qu'il s'est passé pour Tyr, ni la raison pour laquelle sa maison était imprégnée d'une odeur de loup, remarqua Bregan.

— Hum…, fit Wan d'un air pensif.

— Quoi ? demanda Maya en le regardant.

— Si je voulais déclencher une guerre entre les tigres et les loups, c'est exactement comme ça que je m'y prendrais, répondit Wan.

Cléa écarquilla les yeux.

— Quoi ?

— Ben oui… On envoie un tigre tuer un loup puis un loup tuer un tigre et hop, c'est parti !

— C'est dingue ce que tu peux être tordu, déclara Nel d'une voix tremblante.

— Tordu ou pas, ce qu'il dit n'est pas complètement dénué de sens, reconnut Bregan en réfléchissant.

Cléa haussa les sourcils.

— Oui, mais qui et pourquoi ? Les seuls qui pourraient trouver un avantage à ce qu'une guerre éclate entre les Taïgans et nous sont…

Cléa s'interrompit et son regard se posa d'abord sur Nel puis sur Wan.

— … les Rapaïs et les Serpaïs.

# 17

Wan croisa le regard ouvertement accusateur de Maya et sourit nonchalamment.

— Tu oublies les humains.

— Les humains ? répéta Nel, une expression de surprise dans la voix. Mais comment ? Bregan et Maya ont dit que les deux crimes ont été perpétrés l'un par un tigre, l'autre par un loup…

— Je ne sais pas comment ils s'y sont pris, répondit Wan, ils ont peut-être fait alliance avec des solitaires ou…

— Aucun solitaire ne s'allierait aux humains, ils les méprisent, rétorqua Maya.

Wan sourit de nouveau.

— Tu sais ce qu'on dit : l'ennemi de mon ennemi est…

— … mon ami, finit Maya en soupirant. Mais les solitaires ne sont pas nos ennemis. Ils vivent différemment, c'est tout.

Bregan fixa Wan.

— Tu penses vraiment que les humains sont derrière tout ça ?

— Je pense qu'ils nous ont attaqués, ce qui pour moi est un sacré indice, fit Wan. Et oui, je l'avoue : je ne crois pas aux coïncidences.

— Mais les humains sont faibles, intervint Cléa d'un ton dubitatif.

— Faibles ? Tu plaisantes ? Ils viennent quand même d'essayer de nous descendre, lança Wan avec un rictus.

— Il a raison. Les humains ne sont pas faibles. C'était peut-être vrai il y a longtemps, mais le fait est qu'ils prennent de plus en plus d'assurance et qu'ils sont en train de changer, reconnut Bregan.

— Je ne comprends pas, qu'entends-tu par « changer » ? demanda Maya.

— Ils étudient les sciences en secret, ils cherchent à reconstruire une partie de leur passé, de leur grandeur d'avant le chaos. Et ils respectent de moins en moins les frontières des terres Yokaïs quand ils chassent. En vérité, ils ne nous redoutent plus autant qu'avant, constata Bregan.

Les Yokaïs avaient veillé durant des siècles, en faisant disparaître les reliques, les livres, les connaissances, en leur interdisant l'exploitation des sous-sols, l'utilisation des anciennes sciences et technologies, à ce que les humains ne puissent redevenir l'espèce destructrice et sans conscience qu'ils étaient avant le chaos. Les bipèdes avaient détruit le monde où ils vivaient, détruit une grande partie de leur habitat par avidité, soif de pouvoir, égoïsme, aveuglement ou même stupidité et avaient clairement démontré leur nocivité.

— Il est vrai que la conquête est dans leur nature, fit Maya, pensive. Or nous occupons un territoire fertile, un des derniers endroits de ce monde où il est encore possible de vivre, de se nourrir et de croître.

— Depuis que nous avons conclu ces accords de paix et que nous leur avons donné un peu d'autonomie, ils sont de plus en plus nombreux, fit remarquer Nel en fronçant les sourcils, comme si ce fait la contrariait.

— Je n'ai jamais compris l'intérêt d'un tel arrangement, approuva Wan. Après tout, nous avions remporté la victoire haut la main et mis fin en quelques jours à leur stupide révolte, alors pourquoi les anciens se sont-ils montrés aussi conciliants ?

— L'espèce humaine a été presque entièrement décimée à cette époque, j'imagine qu'ils ont dû culpabiliser, suggéra Maya.

— Tu crois que c'est pour ça qu'ils nous contraignent à fréquenter la même école ? fit Cléa.

Bregan acquiesça.

— Ils pensaient, et certains le pensent toujours, que tout serait plus simple si nous apprenions à nous connaître. Ils espéraient que les humains finiraient par voir que nous ne sommes pas des monstres et par comprendre les raisons qui nous poussent à agir comme nous le faisons. Ils croyaient que ça pouvait éviter de nouveaux soulèvements et que nous parviendrions à les influencer.

— Honnêtement, plus je les connais et moins je les apprécie, et j'imagine que c'est la même chose de leur côté, ricana Wan.

— Mais il faut bien admettre qu'ils ont toujours respecté les accords de paix jusqu'à présent, rappela Maya.

— Ce ne serait pas la première fois qu'ils manquent à leur parole, répondit Wan avec un accent de cynisme.

— D'accord, mais ils ne sont pas forcément tous responsables. Rien ne dit que les hommes qui nous ont attaqués ne soient pas tout bonnement des criminels, ni qu'ils n'aient pas agi de manière isolée, suggéra Cléa.

— « Isolée », ça m'étonnerait... J'ai interrogé l'un d'entre eux, il m'a dit que leur mission était de les tuer, fit Wan en désignant Bregan et Maya du doigt.

— Qui ? Nous ? Pourquoi nous ? demanda Maya, étonnée.

Wan haussa les épaules.

— Ah ça, il faudra le leur demander.

— Et on fait comment ? On les ressuscite pour les interroger ? ricana Bregan.

— Oh, on peut faire ça ? Ce serait chouette ! s'écria tout à coup Mika. J'ai toujours voulu voir des zombies… ou des fantômes…

— Pour les zombies, c'est fichu, Les loups sont en train de les digérer ! lâcha Wan en riant.

Bregan lui lança un regard noir puis baissa les yeux vers son petit frère.

— C'est impossible. Quand les gens sont morts, ils sont morts. Les zombies et les fantômes n'existent pas, Mika.

Le petit Taïgan fit une moue déçue. Les petits humains de l'école lui avaient raconté des histoires sur les zombies et les fantômes, et Mika croyait qu'ils existaient vraiment. Comme ce n'était pas le cas, il se désintéressa complètement de la conversation et se pencha pour observer une file de fourmis qui lui passait sous le nez.

— C'est sûr que ça aurait été plus simple si vous ne les aviez pas tous tués, soupira Cléa en regardant consécutivement Maya et Bregan.

Ces derniers échangèrent un regard gêné. Oui, ça aurait été plus simple s'ils avaient au moins fait un prisonnier, mais le fait est qu'ils n'y avaient même pas songé.

— Lui, au moins, il a eu l'idée d'interroger l'un d'entre eux, ajouta Cléa en reportant son attention sur le serpent. Même s'il n'en a pas tiré grand-chose…

— Au moins on sait pour quelle raison ces types ont débarqué, répondit Wan, vexé.

— Si c'était pour tuer Bregan et Maya, pourquoi ont-ils tiré sur moi ? demanda Nel.

Cléa haussa les épaules.

— Tu te trouvais à côté de Maya, le tireur était peut-être maladroit.

— Peu importe quelles étaient ou non les cibles de l'attaque d'aujourd'hui, ce n'est pas ce qui m'inquiète ni ce qui devrait vous inquiéter, fit Bregan.

— Exact. Les Conseils ne vont pas tarder à réagir aux meurtres de Callen et de Tyr, s'inquiéta Maya.

Le regard du Serpaï se posa sur Bregan et Maya.

— Il faut que vous trouviez un moyen de les faire patienter le temps qu'on découvre le ou les responsables de ce chaos, déclara Wan.

Maya haussa les sourcils.

— Par « on », tu veux dire nous quatre ? Bregan, Nel, toi et moi ?

— Oui.

Bregan fronça les sourcils.

— Tu nous proposes une alliance ?

Wan prit un court temps de réflexion. Il avait plutôt envisagé un échange d'informations et le mot « alliance » lui semblait un peu fort, mais à y bien songer, ce n'était pas très éloigné de la réalité.

Il acquiesça doucement.

— En quelque sorte.

Maya lui jeta aussitôt un regard suspicieux. Elle connaissait suffisamment Bregan pour prendre le risque de s'allier avec lui, mais Wan… elle ignorait tout de Wan. Il était aussi insaisissable qu'imprévisible et on ne savait ni ce qu'il pensait, ni ce qu'il aimait ou détestait. Son esprit était aussi impénétrable que son cœur.

Elle secoua la tête.

— Hors de question.

— Pourquoi ?

— Je ne te fais pas confiance.

— Mais à lui, commença-t-il en désignant Bregan, par contre, tu…

— Lui, c'est autre chose…

Un rictus s'afficha sur les lèvres de Wan.

— Pourquoi ?

Maya le fixa droit dans les yeux.

— Parce qu'il est lui et que toi, tu es… toi.

— Pff… les femelles et la logique…

— C'est risqué et si les Conseils l'apprennent, ils vont probablement nous accuser de trahison. Mais je suis de l'avis du serpent, on ne peut pas rester les bras croisés à attendre, déclara soudainement Nel. On doit absolument découvrir si les meurtres du tigre, du loup et l'attaque d'aujourd'hui sont liés. Et surtout si les humains y sont mêlés. Parce que si c'est le cas, nous pourrions bien être tous en danger.

Wan se tourna vers la Rapaï en lui lançant un regard surpris.

— *Toi,* tu es de mon avis ?

— Je ne vois pas en quoi ça te surprend. C'est vrai que je te déteste. Et il est possible, lorsque je serai plus grande et plus forte, que je finisse un jour par céder à l'envie constante que j'ai de te tuer, mais pour l'instant, oui, je suis de ton avis.

— On ne peut pas dire : tu es une vraie sensible, toi, ironisa Wan.

— C'est aussi ce que me dit maman, rétorqua Nel en feignant de ne pas remarquer son ton narquois.

— Alors, concrètement, on fait quoi ? demanda Cléa.

# 18

Maya et Cléa couraient vers la frontière de la terre des loups. Nel, attachée par une corde sur le dos de Maya, était ballottée de droite et de gauche à chaque rebond mais elle n'avait toujours pas repris connaissance. Elle s'était évanouie peu après leur discussion et, à voir le sang qui recouvrait le bandage de fortune que lui avait confectionné Cléa, elle avait besoin de soins de toute urgence. Les sentinelles postées à la bordure est poussèrent des hurlements si stridents en les apercevant que les deux louves baissèrent les oreilles.

— Qu'est-ce qu'il leur arrive ? Pourquoi font-ils tout ce raffut ? grogna Cléa en tournant son immense gueule vers Maya.

— Les garçons sont revenus depuis pas mal de temps maintenant, ils ont dû leur raconter notre affrontement avec les humains et le Conseil s'est certainement inquiété de ne pas nous voir rentrer, grogna Maya à son tour.

« Le Conseil et mon père », ajouta-t-elle intérieurement en grimaçant. L'un comme l'autre risquaient d'être sacrément furieux en la voyant débarquer avec la petite Rapaï sur le dos. Mais elle n'avait guère eu le choix : confier Nel aux humains était impossible et la laisser seule, blessée et sans défense, l'était tout autant.

— Je sens que ça ne va pas être simple. On devrait changer et vite, suggéra Cléa tandis qu'elles atteignaient la place du village et la demeure de Maya et Jolan.

Ce dernier les observait, planté devant la porte, avec un regard si noir que Maya se mit à déglutir.

— Bonne idée, répondit-elle. Quand tu auras terminé, détache la petite que je puisse me transformer. Et va chercher Malak. On va avoir besoin de son aide.

Quelques instants plus tard, Maya se présentait devant son chef de meute, la mine contrite, le front baissé, en portant Nel dans ses bras.

— Papa…

— Tu oses ramener une Rapaï ici !? fit Jolan en humant l'odeur de Nel.

— Elle est faible et blessée. Elle ne peut pas voler, lâcha Maya d'un ton d'excuse.

— Ce n'est pas notre problème.

— Elle a risqué sa vie pour nous avertir du danger. Il n'était pas question pour moi de l'abandonner.

— Elle ne fait pas partie des nôtres.

— Oui, mais ce n'est qu'une petite fille.

Jolan jeta un coup d'œil à Nel, toujours inconsciente, et secoua la tête.

— Une Rapaï de cet âge n'est plus une petite fille. C'est une ennemie.

— Très bien, en ce cas, je vais trouver un autre endroit où la soigner. Je te demande juste de me laisser prendre de quoi refaire son bandage, répondit Maya en contournant son père pour entrer.

Elle eut à peine le temps de déposer Nel sur le canapé que Jolan bondissait déjà sur elle.

— Je t'interdis d'amener cette Rapaï dans MA maison ! Elle n'est rien ! La meute ! Seule la meute compte ! Tu as été en dessous de tout ! Morwin est mort et tu as enfreint l'accord de paix que nous avons conclu avec les humains ! gronda-t-il en la giflant violemment.

Maya ne fit pas le moindre geste pour se protéger. Elle ne poussa pas un seul cri et encaissa sans broncher. Puis, le visage tuméfié et un filet de sang s'échappant de ses lèvres, elle releva fièrement la tête et déclara, le menton tremblant :

— Je n'ai rien provoqué. Je n'ai pas à rougir de ce que j'ai fait. Ma riposte était appropriée.

Maya et Jolan s'affrontèrent du regard, puis le chef de la meute finit par détourner les yeux. Il ne voulait pas voir la déception qu'il pouvait lire sur le visage de sa fille en cet instant. Il ne voulait pas savoir. Il ne l'avait jamais traitée de cette façon et il s'en voulait de ne pas avoir su mieux se contrôler. Il regrettait de l'avoir frappée au lieu de lui dire à quel point il était inquiet. Inquiet de ne pas la voir rentrer avec les autres. Inquiet de ce que les humains auraient pu lui faire. Inquiet de la voir affronter le danger avec une telle témérité.

— Sors cette Rapaï de chez moi !

— Navré, Jolan, mais je préférerais l'ausculter avant que tu ne la jettes dehors, déclara tout à coup Malak en franchissant le seuil de la maison.

Cléa, qui suivait le chaman de près, blêmit en apercevant les traces de coups sur le visage de Maya. Cette dernière poussa un soupir. Tout était déjà suffisamment compliqué sans qu'elle ne rende la situation plus difficile encore. Elle aurait dû refuser de ramener Nel. Mais elle n'en avait rien fait. Une partie d'elle ne pouvait résister au constant désir qu'elle avait d'aider les plus faibles. Or la petite Rapaï était à présent extrêmement vulnérable.

— Qu'est-ce que tu fais ici ? grommela Jolan.

Le vieux chaman avança vers le canapé où était allongée Nel.

— Cléa est venue me chercher et elle m'a expliqué la situation.

— Laisse-la. Le sort de cette fille ne nous concerne pas, décréta Jolan.

— Hum… laisser l'héritière du clan Rapaï mourir sur nos terres ? C'est ce que tu me suggères ? fit le chaman en examinant la blessure de Nel.

Jolan tourna immédiatement la tête vers Maya.

— L'héritière du… ?

— Oui, c'est elle, confirma Maya. Et inutile de t'énerver. Nel ne nous posera aucun problème.

Plusieurs émotions se succédèrent sur le visage de Jolan, qui finit par opter pour un mélange d'incrédulité et d'inquiétude.

— Tu ramènes l'héritière du clan aigle blessée dans ma maison et tu penses qu'il n'y aura aucun problème !!!? Tu es stupide ou tu le fais exprès ?

— Les Rapaïs ne savent pas où elle se trouve. Nous ne lui avons fait aucun mal, expliqua timidement Cléa.

— Et comment le sauraient-ils, hein !!!? Les aigles sont sûrement déjà en train de la chercher. As-tu la moindre idée de ce qui risque d'arriver s'ils apprennent qu'elle est ici ? fit Jolan en se pinçant l'arête du nez.

— Cesse de t'agiter, ça ne sert à rien, soupira Malak avant de reporter son attention sur Maya. Sa blessure n'est pas trop grave. Je vais désinfecter tout ça et refaire son bandage. Elle devrait reprendre connaissance après quelques heures de repos.

— Vous pensez que ça prendra combien de temps pour qu'elle puisse rentrer toute seule chez elle ? demanda Maya.

— Deux jours, oui, deux jours minimum…

Jolan inspira profondément. Deux jours ? Autrement dit une éternité.

— Et après ?

— Après je la raccompagnerai à la frontière des terres Rapaïs. Du moins, si tu es d'accord…, fit Maya en regardant son père.

— Non, répondit celui-ci. Mais comme visiblement mon avis n'est que très secondaire…

Maya fronça les sourcils.

— Papa, je ne voulais pas…

Elle s'interrompit en entendant quelqu'un frapper à la porte. Jolan alla ouvrir et un gamin d'une dizaine d'années commença à parler sans même songer à entrer.

— Le Conseil vous fait dire qu'il vous attend dans la grande salle et qu'ils sont prêts, chef Jolan.

Ce dernier referma la porte, puis se dirigea vers Maya et Malak.

— Allons-y.

Maya retint une grimace. Elle s'attendait à ce que le Conseil veuille l'interroger sur les événements qui s'étaient déroulés quelques heures plus tôt. Après tout, la confrontation avec les humains avait causé le décès d'un loup et risquait de poser de graves problèmes dans l'avenir, mais elle aurait préféré qu'il lui laisse le temps de souffler un peu.

— Le Conseil a l'air drôlement pressé de me voir, remarqua-t-elle en enfilant un pantalon et un pull qu'elle avait laissés traîner la veille sur le dossier d'une chaise.

— De graves événements se sont produits aujourd'hui, Maya. Plusieurs humains et un loup sont morts. Il est normal que tu doives t'en expliquer.

— J'en suis consciente. Mais je n'ai pas peur. Je n'ai rien fait de mal.

— Ça, ce n'est pas à toi d'en juger. Suivez-moi, soupira-t-il en faisant un petit signe de tête à Malak.

Maya acquiesça puis elle se tourna vers Cléa qui était restée adossée contre le mur, silencieuse.

— Occupe-toi de Nel, je reviens. Tu peux prendre des vêtements dans mon armoire.

Il fallut quelque temps à Bregan pour se calmer et réfléchir. Lavé, habillé, il avait repris forme humaine et arpentait sa chambre de long en large en se demandant de quelle manière il allait bien pouvoir agir. Le fait que sa mère les ait sévèrement réprimandés après leur retour de l'école, le fait que Mika lui ait raconté la fusillade, qu'elle ait vu et soigné les blessures que Bregan avait récoltées en protégeant Maya et son petit frère, tout cela était contrariant, bien sûr, mais c'était loin d'être son plus grave problème. Non, son plus grave problème était le Conseil. Le Conseil et son incrédulité.

— Puis-je ? fit une voix en frappant derrière la porte.

— Entrez, maître Typhon, répondit Bregan en soupirant.

Un homme à la barbe grise et aux yeux inquisiteurs pénétra dans la pièce. Large d'épaules, les yeux noirs comme l'ébène, le visage buriné par le soleil, il souriait, ce qui le faisait paraître plus jeune.

— Ta mère m'a dit qu'elle t'avait consigné dans ta chambre, fit-il amusé tout en s'installant sur la chaise de bureau de Bregan.

— Ma mère me considère toujours comme un enfant, ronchonna Bregan en lui retournant son sourire toutefois, parce que c'était ce qu'il était censé faire, mais en se forçant un peu.

— Les mères sont comme ça… inquiètes… protectrices… c'est dans leur nature…

Oui, et Bregan le comprenait. Il savait à quel point sa mère avait eu peur pour Mika et lui. Et s'il lui avait obéi quand elle lui avait ordonné d'aller dans sa chambre, ce n'était pas par respect filial mais à cause de l'anxiété qu'il avait vue dans ses yeux.

— Tu sais pourquoi je suis ici ? demanda maître Typhon.

— Je suppose que ma mère est venue vous voir…

Maître Typhon était le plus respecté et le plus influent membre du Conseil et un ami de la famille de Bregan. Il avait beaucoup soutenu Léna après le décès de son mari. Et le Taïgan le soupçonnait de ressentir plus que de l'amitié pour elle.

— En effet. Elle m'a dit ce qu'il s'était passé avec les humains et les loups.

— Les loups, les humains, la petite aigle et l'héritier des Serpaïs, rectifia Bregan, nous étions tous visés.

— Oui, j'avoue que c'était la partie la plus surprenante de son récit.

— Surprenante ou pas, c'est la vérité.

— Tu as dit à ta mère que tu pensais que les loups n'étaient pas responsables de la mort du vieux Tyr. Pourquoi ?

— Parce qu'ils ne le sont pas. Oh, je ne dis pas que l'assassin n'est pas un loup, mais je suis pratiquement certain qu'il n'appartient pas au clan des Lupaïs, ajouta Bregan en lui faisant part de ce qu'il avait découvert.

— Hum… ta proximité avec certains Yokaïs de l'école t'a sans doute fait perdre ton bon sens, les humains n'auraient pas le cran de s'en prendre à nous, objecta-t-il à la fin de son récit.

— Ils l'ont pourtant fait.

— Il s'agit probablement de chasseurs maladroits ou d'hommes ayant un peu trop bu. Je sais que certains humains nous ont en horreur et qu'ils pourraient agir bêtement sur un coup de tête, mais...

— Je ne suis pas en train d'essayer de vous convaincre, maître Typhon, le coupa Bregan. J'étais là-bas et j'ai vu ce que j'ai vu. Si cette vérité vous dérange, comme c'est apparemment le cas, tant pis.

— Que veux-tu dire ?

— Je n'ai pas besoin du Conseil pour enquêter et découvrir moi-même la vérité. Vous voulez déclarer la guerre aux loups ? Parfait. Mais ne comptez pas sur mon appui. Je ne dirigerai pas la bataille et je convoquerai le clan tout entier en une grande assemblée pour leur faire part de ce que j'ai découvert.

— Tu n'en as ni le pouvoir ni le droit. Tu n'es pas encore roi.

Une minuscule partie de Bregan se demandait s'il n'allait pas trop loin. Après tout, maître Typhon était dangereux, il le savait. Tout comme il savait à quel point il était risqué de le provoquer. Mais il n'avait pas le choix : il ne pouvait laisser le conseiller le faire douter de lui-même et de ses compétences. Pas alors que le clan tout entier était en danger.

— Et je sais que vous ferez tout pour que je ne le devienne jamais. La soif de pouvoir vous aveugle, répliqua Bregan avant d'ajouter avec un rictus menaçant : Mais comme vous le savez, nous pouvons rectifier ça.

— Tu… tu veux me défier ? s'insurgea maître Typhon d'un ton qui sous-entendait clairement que Bregan devait avoir perdu l'esprit.

Fermant les yeux, le jeune Taïgan laissa l'angoisse, les doutes et toutes ces autres choses disparaître de son esprit, puis acquiesça :

— Si c'est le seul moyen de vous faire entendre raison…

— Bregan, non ! hurla Léna en ouvrant brusquement la porte.

— Maman, on ne t'a jamais dit que c'était très vilain d'écouter aux portes ? lâcha Bregan d'une voix glaciale.

— Tu es devenu fou !? Tu ne vas pas…

— Je suis ton futur roi et tu es ma mère ! Je te respecte, mais tu dois apprendre à rester à ta place !!! gronda-t-il en libérant soudain tellement de pouvoir que Léna recula, choquée, contre le mur.

— Bregan, tu es vraiment prêt à aller jusque-là ? demanda maître Typhon d'une voix grave.

Il avait perdu son arrogance et regardait Bregan avec une lueur de crainte dans les yeux.

Ce dernier hocha la tête.

— Sans hésiter.

Maître Typhon le dévisagea en réfléchissant. Bregan était jeune et le vieux tigre n'appréciait pas la façon dont il s'adressait à lui. Mais c'était aussi un garçon exceptionnel. Exceptionnel, puissant et fort. Et il était son futur roi. Le genre de roi dont le clan avait profondément besoin. Le genre de roi que tout son clan respecterait. Le genre de roi qui empêcherait toutes les luttes intestines. Il était hors de question de l'affronter.

— Tu es mon roi. Je ne peux pas relever un tel défi.

— Si c'est vraiment ce que tu penses, traite-moi comme tel et cesse de me prendre de haut comme si je n'étais qu'un gosse imaginatif et turbulent.

— Telle n'était pas mon intention.

— Je vous ai écoutés, toi et le Conseil, durant des années et j'ai beaucoup appris. C'est à vous, maintenant, d'écouter ce que j'ai à vous dire.

— Bregan, j'ai entendu. Seulement, je doute que le Conseil ne…

— Et si je vous en ramène la preuve ? proposa soudain Bregan.

— Que veux-tu dire ?

— Si je trouve ceux qui ont ordonné non seulement la mort du vieux Tyr, mais aussi l'attaque d'aujourd'hui ? Les vrais responsables, j'entends.

— Tu es vraiment persuadé que les loups n'ont rien à voir là-dedans ?

— Oui.

— Et que les responsables sont les humains ?

Bregan eut un petit sourire en coin.

— C'est ce que j'ai l'intention de découvrir.

Maître Typhon resta un instant songeur. Bregan avait l'air si sûr de lui que le doute commençait à s'insinuer dans son esprit. Et s'il avait tort et que le garçon avait raison ? C'était difficile à croire évidemment, mais s'il existait une infime possibilité qu'il ait vu juste…

— Très bien, je parlerai au Conseil. De quoi as-tu besoin ?

— De temps. Deux semaines tout au plus.

— D'accord.

— Je pense aussi qu'il est grand temps d'organiser une rencontre.

— Une réunion ?

— Avec les Lupaïs.

Maître Typhon écarquilla les yeux.

— Tu es sérieux ?

— C'est le seul moyen si nous voulons comprendre ce qu'il se passe. Si nous devons nous battre, nous nous battrons, mais il n'est pas question de laisser qui que ce soit décider à notre place de ce que nous devons faire ou non. Nous ne sommes pas des pantins.

Maître Typhon resta silencieux durant un bon moment. Les loups et les Taïgans avaient coupé toute relation diplomatique depuis la fin de la guerre. Les blessures infligées de part et d'autre avaient laissé de lourds stigmates et un profond ressentiment. La haine entre les deux clans était incroyablement vivace. Ancrée dans leurs cœurs et leurs âmes si profondément qu'il était impossible de l'en arracher.

— Je vais y réfléchir.

Bregan hocha la tête et dit :

— Il y a autre chose…

Il saisit le sac en toile de Maya qu'il avait laissé sur son bureau et l'ouvrit sous le nez de maître Typhon.

— On doit retrouver ce Taïgan au plus vite. Il s'agit probablement d'un solitaire.

Maître Typhon inspira profondément.

— Tu parles du tigre que tu soupçonnes d'avoir tué le loup ?

— Oui.

— Pourquoi ?

— Parce qu'il faut à tout prix l'empêcher de continuer.

# 19

Curieusement, Maya avait peur. Elle connaissait depuis son plus jeune âge les huit visages de ceux qui se tenaient devant elle. Tui-Lou, Tandom, Malnis, Humpf, Horatus, Bounty, Malak et Jolan étaient les conseillers de la meute. Les anciens et les plus sages d'entre tous. Du moins en théorie, parce qu'ils passaient leur temps à se disputer comme des enfants et à ne jamais être d'accord. Ce qui avait tendance à amuser ou à agacer – c'était selon – tout le reste du clan.

— Pourquoi les as-tu provoqués ? Tu te rends compte de ce que vous avez fait ? demanda Humpf, un loup grand et maigre d'une soixantaine d'années à l'allure dégingandée et à l'hygiène douteuse.

— Ce sont les humains qui ont commencé.

Malnis, un vieux Lupaï aveugle à la peau noire, fronça les sourcils.

— Et vous les avez tous tués.

C'était plus une affirmation qu'une véritable question, aussi Maya ne prit-elle pas la peine de répondre.

— Ensuite, tu as laissé tes frères de meute les manger, ajouta-t-il avec mécontentement.

— Vous auriez préféré qu'on laisse les bipèdes retrouver des morceaux de cadavres un peu partout dans la forêt ? Notre réponse était parfaitement adaptée. Ils ont tué l'un des nôtres, ils méritaient de mourir, tous, répliqua froidement Maya.

Tui-Lou, une vieille femme aux cheveux blancs, au nez crochu et à l'air revêche, fronça les sourcils.

— Tu veux dire que tu n'as pas honte d'avoir causé tous ces ennuis ?

Après un instant de silence, Maya soupira :

— Je vous l'ai dit : je ne suis pas responsable de cette situation.

— Mais tu étais responsable de Morwin et il est mort.

Maya réfléchit. Le Conseil s'attendait à ce qu'elle fasse amende honorable et qu'elle s'agenouille devant lui pour implorer son pardon. Mais Maya refusait de jouer à leur petit jeu. Elle n'avait l'intention ni de plier le genou ni de faire semblant de se sentir coupable.

— Ce n'est pas la première fois qu'un guerrier se fait tuer lors d'un affrontement. C'est notre lot à tous. Morwin a bien combattu et il mérite d'être honoré.

— Cet « affrontement » aurait-il pu être évité ? poursuivit Tui-Lou d'un ton sec.

Maya jeta à la vieille femme un regard méprisant puis haussa les épaules.

— Oui. Je suppose que nous aurions pu en effet tous fuir comme des lâches.

La plupart des anciens poussèrent des exclamations outrées. Fuir devant l'ennemi n'était pas envisageable. Pas pour les membres de la meute.

Tandom, un conseiller au ventre rond et aux yeux globuleux, poussa un soupir agacé.

— Ce que te demande la conseillère Tui-Lou, c'est : t'es-tu accordé suffisamment de temps pour réfléchir et évaluer correctement la situation avant de prendre la décision de riposter ?

— Des balles nous ont frôlés, nous avons été pris pour cibles, la situation n'était pas très difficile à évaluer : ces humains essayaient de nous tuer. Point.

— Rien n'est jamais aussi simple, soupira Malak.

Jolan plissa les yeux et reprit la parole.

— Maya, est-il vrai que tu as ordonné l'attaque parce qu'un chasseur humain avait tiré sur une Rapaï ?

— Non. J'ai ordonné l'attaque parce que nous avons essuyé de nombreux coups de feu. Rapaïs, Lupaïs, Serpaïs, Taïgans, tous les Yokaïs présents sur le parvis de l'école étaient visés.

— Alors pourquoi les loups ont-ils combattu seuls ? demanda fielleusement Tui-Lou.

— Seuls ? Nous n'étions pas seuls. Wan, l'héritier du clan Serpaï, ainsi que Bregan, l'héritier du clan Taïgan, ont combattu à nos côtés.

Malak haussa les sourcils.

— Vous voulez dire que vous avez traqué et tué ces humains… ensemble ? Que vous vous êtes parlé et qu'ils se sont joints à vous ?

La question de Malak s'abattit comme un éclair dans la pièce et le silence se fit si pesant que Maya entendait pratiquement son sang battre à ses oreilles. Elle avait peur de bouger. Peur de respirer. Comme durant l'instant qui suivait l'explosion d'une bombe.

Jolan se gratta la gorge et ce geste suffit à briser le silence presque surnaturel qui avait envahi la pièce.

— En effet. Les autres ne vous l'ont pas dit ?

Les membres du Conseil, à l'exception de Jolan et Malak, échangèrent des regards choqués. Jolan prit de nouveau la parole.

— Tu peux disposer. Le Conseil en a suffisamment entendu. Il va délibérer.

Maya fit oui de la tête puis elle se dirigea vers la porte et se tourna une dernière fois vers eux :

— Je sais que vous ne me croirez probablement pas mais je pense, et je ne suis pas la seule, que les humains préparent quelque chose… À votre place, je ne perdrais pas mon temps à me demander si j'ai enfreint la loi en menant une attaque concertée avec d'autres Yokaïs ou comment sauver des accords de paix que les bipèdes viennent sciemment de transgresser, mais je commencerais à m'interroger sur ce qu'ils sont en train de manigancer.

Brandgard était furieux et il mourait d'envie de tuer quelqu'un. N'importe qui.

— Disparus ? Ça veut dire quoi « disparus » !!!?

Jemlin, un petit homme brun au regard fuyant, leva les yeux vers l'homme gigantesque à la barbe rousse qui gesticulait derrière son bureau et sentit sa gorge se serrer.

— Nous les avons cherchés, il n'y a de traces d'eux nulle part, ordonateur.

Brandgard frappa du poing sur la table.

— Et la louve ? Le tigre ? Ils les ont eus ?

Aganel, un homme blond, mince et élégant qui se trouvait assis près de Jemlin, secoua la tête.

— D'après mes renseignements, il y a peu de chances.

Brandgard se leva, saisit un vase sur une étagère et l'éclata sur le sol.

— C'est impossible ! hurla-t-il avant de saisir un autre objet et de lever les bras pour le fracasser contre le mur.

Jemlin fit un geste dans sa direction comme pour l'arrêter, mais il croisa le regard d'Aganel et se rassit, l'expression grave, presque funeste. Brandgard avait des raisons d'être contrarié. Dix de ses hommes s'étaient volatilisés et l'attaque contre les deux héritiers Yokaïs avait lamentablement échoué.

— Je vous avais dit que ce ne serait pas simple, souligna calmement Aganel.

— Ce sont des animaux, rien que des animaux !!! Et nous avons des armes, en quoi est-ce compliqué !!!? hurla Brandgard.

— Animaux ou pas, nous avons eu tort de les sous-estimer, fit Jemlin.

Brandgard le rejoignit en trois pas et le souleva brusquement de sa chaise.

— Des petits, c'était de petits animaux !

— Bregan et Maya ont 16 ans et ce sont des Yokaïs, lui fit remarquer Aganel.

Brandgard lui jeta un regard noir.

— L'existence de ces monstres est une gageure ! Une erreur ! Ils doivent disparaître !

Quand je pense à tous ces imbéciles qui ne disent rien ! Ne font rien !

Aganel réprima un soupir. Les humains faisaient des efforts pour vivre avec les Yokaïs. Ils le faisaient par nécessité. À moins de tout quitter et d'essayer de trouver un autre endroit où vivre, ils n'avaient pas vraiment le choix. Ce monde leur fournissait de la nourriture, un abri et pourvoyait à l'ensemble de leurs besoins. Et même si la plupart d'entre eux considéraient leurs interactions avec les hommes-bêtes comme un mal nécessaire, ils étaient de plus en plus nombreux, comme eux, à chercher un moyen de s'en débarrasser.

— Ils ont peur. Ils se souviennent de la dernière guerre que nous avons menée contre eux, expliqua Aganel d'un ton las.

— À cette époque, nous n'avions pas d'armes ni toutes ces connaissances. Nous ignorions la vérité, répliqua Brandgard.

Aganel fronça les sourcils. La vérité ? Quelle vérité ? Celle du voyageur qui prétendait qu'il existait un endroit dans ce monde très différent de celui-ci ? Un endroit dont les Yokaïs ne faisaient pas partie ? La vérité contenue dans le livre qu'ils avaient trouvé sur lui et qui racontait que les hommes-bêtes étaient le fruit d'étranges expériences menées par des hommes d'un autre temps ? Des hommes complètement fous ? Lui, Aganel, se moquait complètement de savoir qui des humains, de Dieu ou d'un démon avait créé les Yokaïs, il se moquait des raisons pour lesquelles ils respiraient, vivaient et arpentaient ces terres, tout ce qui l'intéressait, c'était le pouvoir. Or le pouvoir appartenait aux hommes-bêtes en ce monde. Les terres les plus riches, les sous-sols, l'eau, les anciennes mines, les forêts, les prairies, les animaux, tout était à eux. Les humains, eux, n'avaient le droit qu'aux miettes… les villages, les petites cités débordaient de toutes parts. Il n'était possible ni de les étendre ni de s'en échapper. Ils vivaient dans des prisons à ciel ouvert. Parqués comme des bêtes. Ou plutôt comme des hommes.

— Cette vérité importe peu pour le moment. Ce qui compte, c'est de trouver un moyen de les combattre. Le plan que nous avons mis en œuvre semble avoir complètement échoué, dit Jemlin.

Brandgard tourna la tête vers le petit homme au regard fuyant et frappa de nouveau sur la table.

— « La vérité importe peu » !!!?

— Non… non, ordonateur, ce que je voulais dire, c'était que…

Brandard traversa la distance qui les séparait et serra le cou de Jemlin.

— Tu ne comprends rien, tu n'as jamais rien compris à rien, Jemlin. Tu es stupide, faible et inutile. Tout comme les hommes que tu as chargés d'éliminer les deux Yokaïs et qui ont lamentablement échoué. Tu es un incapable !

Brandgard serra plus fort et ajouta :

— « Résilience » se passera dorénavant de tes services.

Quelques instants plus tard, le cadavre de Jemlin était étendu sur le sol.

— Tu te sens mieux ? demanda Aganel, le visage impassible.

— Oui, répondit Brandgard avant de se rasseoir derrière son bureau comme si rien ne s'était passé.

— Parfait, poursuivit Aganel, stoïque. Alors mettons-nous au travail. Nous avons perdu une bataille mais pas la guerre. En quoi puis-je servir « Résilience » ?

# 20

Nel grimaça en se réveillant. Son épaule était encore douloureuse et elle se sentait extrêmement fatiguée.

— Tiens, je t'ai préparé un bol de soupe, dit Maya en souriant.

Nel se redressa sur le lit et jeta un regard autour d'elle. La chambre où elle se trouvait ne comportait que quelques meubles. Il n'y avait ni couleur aux murs ni fioritures d'aucune sorte. Tout était simple, sobre et pratique.

— Où suis-je ?

— Chez moi.

— Oh, alors ça doit être ta chambre ? fit Nel avant de porter le bol de soupe à ses lèvres.

— Comment le sais-tu ? demanda Maya, soulagée de voir que la petite Rapaï avait visiblement commencé à recouvrer ses forces.

— L'odeur. Et puis cet endroit te ressemble, répondit Nel. Tu ne t'embarrasses pas d'objets inutiles, tu t'habilles de manière simple et pratique. Tu ne t'intéresses qu'à l'essentiel. Toujours.

— Ne me dis pas que, toi aussi, tu m'as espionnée et analysée ? dit Maya étonnée.

— Avec toi, ce n'est pas très compliqué. Tu n'es pas tordue. Tu dis ce que tu penses et tu fais ce que tu dis. On lit en toi comme dans un livre ouvert.

Maya fronça les sourcils. Elle n'avait jamais senti les regards de l'aigle, ni remarqué sa présence. Ce qui impliquait que la petite Rapaï était incroyablement douée.

— Je ne suis pas sûre que ce soit un compliment…

— C'en est un. Quant à ton ami, le Taïgan, je ne sais pas trop quoi en penser, mais j'avoue qu'il m'a surprise quand je vous ai vus vous battre tous les deux dans les bois, l'autre jour.

— Tu… tu étais là ?

— Oui. Je ne l'ai pas dit devant les autres parce que je ne voulais pas vous mettre mal à l'aise.

— Pourquoi est-ce que ça nous aurait mis mal à l'aise ?

Nel haussa les épaules.

— Je te l'ai dit, ce ne sont pas mes affaires. Je ne vous juge pas. C'est juste que ça m'a étonnée. Bregan a la réputation d'avoir de la glace dans les veines… Alors le voir prendre toute cette peine pour te protéger et ne pas te blesser, c'était franchement inattendu…

— Je ne comprends pas…

Nel plongea son regard perçant dans celui de Maya.

— Bien sûr que si tu comprends. Mais je le répète : ça ne me regarde pas. De toute façon, je suis beaucoup trop jeune pour m'intéresser à ce genre de choses…

Il est bien temps de t'en souvenir, songea Maya, gênée. Depuis quand les petites filles étaient-elles si perspicaces ? Oh bien sûr, Nel était par de nombreux côtés bien plus mûre que les enfants de son âge, il suffisait de l'entendre parler et de la voir se comporter avec les autres pour s'en convaincre, mais maintenant qu'elle avait eu l'occasion de discuter vraiment avec elle, Maya découvrait un aspect de la Rapaï qu'elle avait commencé à soupçonner quelques heures plus tôt : elle était brillante. Brillante et probablement aussi dangereuse que l'attitude de Wan l'avait laissé soupçonner. Le Serpaï n'accordait de véritable attention à personne. Il ne se querellait avec personne. Et ne prenait personne au sérieux. Et pourtant, il s'était comporté de manière inhabituelle avec Nel. Il s'était montré méfiant, agressif. Et pas seulement parce qu'elle était une Rapaï et que les Serpaïs vouaient aux aigles une haine viscérale, mais pour une raison que Maya avait encore du mal à discerner.

— Si tu as encore faim, il m'en reste, fit Maya en voyant Nel poser le bol de soupe vide sur la table de chevet.

La jeune aigle secoua la tête.

— Non merci. À présent, il est temps que je m'en aille.

— Tu n'es pas en état de partir pour le moment, notre chaman a dit que…

— Peu importe ce que dit le chaman, fit-elle en soupirant. Si je reste ici, je risque de vous mettre tous en danger.

— Nel, tu es sur les terres des loups et personne ne sait où tu te trouves. Comment veux-tu que…

— Maya ! hurla soudain Cléa en entrant intempestivement dans la chambre. Les aigles… il y en a au moins une trentaine qui volent au-dessus de nos têtes !!!

Nel poussa un nouveau soupir.

— Je dois y aller.

Maya fit les yeux ronds.

— Mais c'est impossible ! Comment t'ont-ils retrouvée ?

Nel grimaça.

— Impossible ? On voit que tu ne connais pas ma mère, le mot « impossible » ne fait et n'a jamais fait partie de son vocabulaire.

— Pourquoi ai-je l'impression que ça t'ennuie ?

— Parfois, j'aimerais qu'elle soit un peu moins… enfin qu'elle n'ait pas toujours raison. C'est extrêmement fatigant les gens qui sont persuadés d'avoir toujours raison, répondit Nel avec une pointe d'amertume dans la voix.

Puis elle regarda Maya.

— Tu ferais mieux de m'accompagner. Ne t'inquiète pas, je vais lui expliquer.

— Tu… tu veux que je t'accompagne ?

— Je ne peux pas marcher seule. Tu dois me porter jusqu'à la limite de vos frontières. Ainsi, il n'y aura ni agression ni intrusion.

Maya la dévisagea. Nel avait les idées claires. Elle était calculatrice. Pondérée. Elle ne se laissait ni submerger par la fatigue et la douleur qu'elle ressentait, ni aveugler par ses émotions. Et, en cela, la louve ne pouvait s'empêcher d'être impressionnée.

— Entendu, se résolut Maya avant de reporter son attention sur Cléa : Dis aux autres dehors de ne pas bouger et explique-leur ce qu'il se passe, d'accord ? Avertis-les que je ne veux ni protection ni escorte.

Cléa hocha la tête et disparut aussitôt.

— Allons-y, petite princesse, fit Maya en soulevant Nel dans ses bras avec précaution.

Nel laissa échapper une grimace de douleur.

— Ça va ?

— Ça ira, ne t'en fais pas, répondit-elle en serrant les dents.

Aeyon, la reine des aigles, repéra Nel dès qu'elle eut franchi le seuil de la maison. Une louve, une jeune fille aux longs cheveux blancs, d'allure mince mais athlétique la portait dans ses bras. Une poignée de Lupaïs se tenaient non loin d'elles, probablement pour protéger les leurs au cas où les Rapaïs attaqueraient. La jeune fille se mit à courir à travers les bois et Aeyon, comprenant qu'elle se dirigeait vers la frontière qui séparait les terres des loups des terres neutres, poussa plusieurs cris stridents. Ses nombreux congénères lui répondirent en cessant de tournoyer au-dessus du village puis commencèrent à les suivre.

— Laisse-moi parler, surtout. Ma mère n'a pas un caractère facile, je ne voudrais pas qu'elle t'arrache les yeux avant que j'aie eu le temps de lui expliquer ce qu'il s'est passé, fit Nel tandis qu'elles atteignaient la frontière.

— Quand tu dis « arracher les yeux », tu parles au sens figuré ou… ?

Nel fixa Maya sans répondre et la louve sentit soudain sa bouche s'assécher.

— C'est ta mère, pas la mienne, je suppose que tu la connais mieux que moi, dit-elle en déglutissant.

La connaître ? Hum… personne ne pouvait se vanter de connaître Aeyon. Elle ne parlait jamais d'elle. Pas même à ses proches. Elle ne leur demandait rien, non plus, elle ordonnait. Elle ordonnait et ils obéissaient. Ce qui limitait franchement les discussions. Nel eut un sourire sans joie.

— Oui. Probablement.

— Oh oh, fit soudain Maya en s'arrêtant brusquement de courir.

Cinq aigles gigantesques s'étaient posés sur la prairie, à l'endroit même où disparaissait la forêt. Devant eux se tenait une grande femme majestueuse. Ses longs cheveux bruns entouraient un visage aux traits fins et à la peau si pâle qu'elle en paraissait translucide.

— N'oublie pas, ne réponds que si elle t'interroge, murmura Nel avant que Maya ne la pose délicatement sur le sol.

La louve recula d'un mètre. La reine des aigles avança et se pencha au-dessus de sa fille.

— Maman, fit précipitamment Nel, les loups n'ont rien fait de mal, ce sont les humains qui…

— Je suis déjà au courant. J'ai eu une petite « discussion » avec le directeur de ton école, il m'a appris tout ce que je voulais savoir, déclara Aeyon avec une expression si cruelle qu'elle fit frissonner Maya.

Pas de doute, monsieur Antapoulos avait dû vivre un moment difficile.

— Comment te sens-tu ? Peux-tu voler ? ajouta Aeyon.

— Non. Mais bientôt, grâce à leur chaman. Il m'a bien soignée, répondit Nel en se tournant instinctivement vers Maya.

La reine des aigles suivit son regard et tourna la tête comme un oiseau qui s'apprête à couper un insecte en deux avec son bec.

— Tu es l'héritière ? La jeune princesse des loups, celle qui a sauvé ma fille ?

— Oui.

Aeyon fronça les sourcils.

— Pourquoi ?

La louve sentit son cœur battre la chamade dans sa gorge. Elle voulait disparaître et échapper au terrifiant regard d'Aeyon qui la glaçait jusqu'à la moelle.

— Pourquoi ?

— Pourquoi as-tu sauvé Nel lorsque ces humains s'en sont pris à elle ?

Maya afficha un air perplexe, prit un temps de réflexion puis décida de dire la vérité.

— Je ne sais pas, c'est venu comme ça, je n'ai pas réfléchi.

Aeyon scruta les magnifiques traits de la louve et sentit qu'elle ne mentait pas.

— Voilà qui est fâcheux, décréta-t-elle avec un geste méprisant.

— Fâcheux ?

— Une future souveraine se doit de réfléchir. Ses décisions doivent être calculées. Son impact est politique. Elle ne peut agir sur un coup de tête.

Maya réprima un soupir. Elle comprenait à présent de qui Nel avait hérité sa froideur et son esprit rationnel.

— Vous avez raison, je ne peux le nier. Mais que m'aurait apporté la mort de cette enfant ?

— Rien. Pas plus que le fait de la garder en vie.

Maya conserva une expression aussi neutre que possible, mais elle était stupéfaite que quelqu'un ose lui faire pareil reproche. Et que cette personne fût la mère de Nel était à la fois effrayant et très triste.

— Nel est jeune, innocente… personne ne devrait périr à cet âge. C'est du gâchis.

— Je ne comprends pas.

Maya sourit puis elle s'éloigna en disant :

— Non… ? J'en suis désolée pour vous.

# 21

Le vent gémissait dans la nuit, charriant avec lui l'odeur des humains. Maya leva sa formidable gueule et huma l'air avant de se tourner vers Cléa. La louve opina doucement. Oui, ils se trouvaient au bon endroit.

— J'ai entendu du bruit, fit un garçon d'une dizaine d'années en ouvrant la porte de la maison.

— Du bruit ? Dis plutôt que t'es un vrai froussard, oui, rétorqua un adolescent au visage émacié avant de balayer les environs d'un air attentif.

Maya était perplexe. Un humain ne pouvait rien distinguer dans cette obscurité. Pas même deux gigantesques loups en train de les observer.

— Ne sois pas idiot ! Je me disais que papa était peut-être revenu, répondit le garçon, vexé.

L'adolescent baissa les yeux vers lui.

— Dorian, maman t'a dit qu'il était parti à la chasse et qu'il devrait être de retour demain.

— C'est pas juste ! Il aurait au moins pu m'emmener !

L'adolescent lui ébouriffa les cheveux.

— Allez, rentre ! Il est tard et maman va râler si on laisse le froid pénétrer à l'intérieur !

Maya attendit qu'ils referment la porte, puis se tourna vers Cléa :

— J'avoue ne pas y avoir songé, grogna-t-elle.

— À quoi ?

— Au fait que ces hommes avaient peut-être une famille…

— Famille ou pas, ils n'ont eu que ce qu'ils méritaient, gronda Cléa. Bon, qu'est-ce qu'on fait maintenant ?

Cléa était de mauvaise humeur. Se glisser en terres neutres sous forme de loups pour suivre la piste de l'un des hommes que Maya et les autres loups avaient tués ce matin était risqué et, après la terrible journée qu'ils venaient tous de vivre, elle se sentait très fatiguée.

— On doit parler avec sa femme.

— Parler ?

— Elle doit nous apprendre ce qu'elle sait.

— Ah oui ? Et tu comptes t'y prendre comment ? Bonjour madame, navrée de vous déranger mais j'ai tué votre époux ce matin, et je me demandais si vous ne pourriez pas me dire pour quelle raison ses copains et lui ont tenté de m'assassiner ?

Maya eut soudain très envie de mordre Cléa. Depuis quand sa meilleure amie était-elle devenue aussi sarcastique ? D'accord, elle voulait bien reconnaître que son plan n'était pas sans faille et que son idée de remonter la piste du tireur jusqu'ici était dangereuse, mais elle l'avait fait pour de bonnes raisons. Elle l'avait fait parce qu'ils avaient besoin d'éléments tangibles. Or les traces laissées malgré eux par les humains risquaient de s'estomper rapidement. Il suffisait d'une simple pluie pour que tout disparaisse.

— Tu trouves ça amusant ?

— Pas vraiment. Si le Conseil l'apprend, on va être consignées pendant des siècles… voire pire.

— Je me moque du Conseil. Ils ne comprennent rien. Ils ne se sont focalisés que sur une chose : mes relations avec Bregan, Wan et Nel. Je ne te dis pas ce que j'ai dû entendre après que cette garce de reine soit venue chercher sa fille.

— Il faut dire que tu n'y es pas allée de main morte. Franchement, Maya, tu t'attendais à quoi ?

— Je m'attendais à ce qu'ils réagissent et qu'ils se préoccupent enfin du véritable problème.

— Tu sais que je suis ton amie, mais je dois admettre que je trouve ça quand même assez étrange… je veux dire, faire alliance avec les trois autres héritiers ? Vraiment ?

— Pourquoi pas ? Je m'allierais avec le diable en personne s'il le fallait.

— Trop tard. Tu as déjà conclu un accord avec son fils, Wan, plaisanta Cléa.

Maya émit quelques jappements qui montraient qu'elle riait.

— Bon, plus sérieusement, qu'est-ce que tu comptes faire ? poursuivit Cléa en voyant que toutes les bougies étaient désormais éteintes et que la maison venait de plonger dans les ténèbres.

— Maintenant, on passe aux choses sérieuses, répondit Maya. Reste ici et surveille les alentours, je vais changer.

Maya avait opté pour une approche silencieuse et non violente. Avec sa force, même sous forme humaine, elle aurait pu ouvrir la porte de la maison d'un simple coup de pied et éliminer tous les obstacles qui se seraient trouvés sur sa route. Mais à quoi bon infliger davantage de douleur à ces enfants ? Elle leur avait déjà pris leur père. Or sur les terres neutres, sans un homme pour travailler et s'occuper de sa famille, la vie était incroyablement difficile. Il était inutile d'en rajouter. Se glissant sans bruit dans le couloir, elle ouvrit une porte puis une autre, avant de tomber sur la chambre des parents. La pièce était petite et sentait le bois et l'humidité. S'approchant du lit, elle observa de ses yeux de Yokaï le visage de la femme qui dormait. Elle était entre deux âges. Elle n'était ni laide ni belle et sentait l'humaine.

— Réveillez-vous, ordonna Maya en lui assenant une petite gifle.

La femme ouvrit les yeux et s'apprêtait à hurler lorsque Maya lui colla un couteau sous la gorge.

— Pas un bruit… Pas un bruit ou je vous égorge, c'est compris ?

La femme déglutit en tentant de distinguer les traits de son assaillante, mais sans succès. Il faisait trop noir dans la pièce.

— Qui êtes-vous ?

Maya appuya le couteau assez profondément sur sa peau pour lui arracher un gémissement.

— J'ai quelques questions à vous poser. J'ai toute votre attention ?

La femme acquiesça.

— Votre mari et certains de ses amis ont tenté de tuer plusieurs élèves Yokaïs de l'école de Tedeskah ce matin.

— Imp… impossible…

— C'est pourtant la vérité.

— Mon… mon mari ne ferait jamais…

— Croyez-moi, il l'a fait. Il l'a fait et il en est mort.

Les lèvres de la femme se mirent à trembler mais elle resta immobile.

— Vous mentez.

— Je ne mens pas. Je l'ai tué de mes propres crocs.

La femme écarquilla les yeux.

— Vous… vous êtes une… une…

— Une Lupaï, oui. J'étais l'une des cibles de votre mari. Et je veux savoir pourquoi.

— Je ne sais rien. Rien du tout.

— Vos enfants sont dans la chambre à côté de la vôtre, non ? demanda Maya d'une voix doucereuse empreinte d'une menace muette.

Une lueur de terreur absolue s'alluma dans les yeux de l'humaine.

— Laissez mes enfants tranquilles, ne leur faites pas de mal, je vous en supplie !

Un grognement s'échappa de la gorge de Maya.

— Alors répondez à mes questions. Qui fréquentait-il ? Où allait-il ? Pour qui travaillait-il ?

Maya n'était pas un monstre. Elle savait que ce qu'elle faisait était mal. Elle savait aussi qu'elle n'avait pas l'intention de toucher aux petits de cette femme, mais elle n'avait pas d'autre solution : elle devait la faire parler.

— Eliazad était un brave homme. Je vous l'assure. Il… il était bûcheron quand je l'ai connu. Mais il y a deux ans, tout a changé : il a été incorporé dans les troupes de surveillance d'Havengard.

Havengard était située à une cinquantaine de kilomètres de l'endroit où l'homme vivait. Maya fronça les sourcils.

— Havengard est loin d'ici.

— Je sais. À moi aussi ça m'a semblé étrange. Mon mari s'y rendait durant une semaine tous les mois et quand je lui demandais ce qu'il y faisait, il refusait de me répondre…

— Je ne vous crois pas, gronda Maya en accentuant la pression du couteau sur la peau pour l'entailler légèrement.

La femme ferma les yeux et balbutia, paniquée :

— Un… un jour qu'il était saoul, il m'a dit qu'il existait d'autres hommes comme lui, des hommes qui croyaient au changement, et qu'ils avaient un grand projet. Je… je lui ai demandé de quoi il s'agissait mais il est devenu violent, alors…

— C'est tout ? Il ne vous a rien dit d'autre ? Il n'a pas donné de noms ou… ?

— Hier, un homme est venu… un homme qui s'appelait Hemock… Mon mari a dit qu'ils allaient partir ensemble à la chasse…

— Comment était-il ?

— Grand et chauve.

— Il avait une petite balafre sur la joue droite ?

— Co… comment le savez-vous ?

— On l'a tué lui aussi, soupira Maya.

Les yeux de la femme s'étaient habitués à l'obscurité. Maya était tellement près d'elle qu'elle pouvait entrevoir ses traits.

— Oh mon Dieu… vous êtes si jeune… Comment…

— Réfléchissez, il n'y a personne d'autre ? l'interrogea Maya sans lui laisser le temps de finir sa phrase.

— Non. Je vous jure que non. Si… si vous voulez savoir, ce n'est pas ici que vous trouverez des réponses… si vous voulez savoir, il faut aller à Havengard et voir l'ordonateur.

— L'ordonateur ?

L'ordonateur d'Havengard était l'un des trois hommes les plus influents des terres neutres. Penser qu'il pouvait être impliqué dans l'attaque de plusieurs enfants Yokaïs était difficile à croire, même pour quelqu'un d'aussi suspicieux que Maya.

— Oui. Les surveillants se trouvent directement sous son contrôle. Ils n'obéissent qu'à lui.

Les surveillants faisaient régner l'ordre et punissaient les vols ou les crimes commis par les humains. Mais Maya avait un peu de mal à entrevoir la raison pour laquelle les troupes d'Havengard avaient besoin d'un bûcheron.

— Et vous êtes certaine que votre mari vous a dit la vérité ? Qu'il travaillait bien comme…

— Vous voulez que je sois franche ? l'interrompit la femme. Je ne suis plus certaine de rien du tout. Mon mari m'a menti. Et d'après ce que vous m'avez dit, il faut croire que je ne le connaissais pas du tout.

La femme ne mentait pas. La Lupaï en était persuadée.

— Bien. Inutile de vous dire que tout ça doit rester entre nous.

— Qu'est-ce que vous croyez ? Que je vais crier sur tous les toits qu'Eliazad a bafoué la loi en s'attaquant à des Yokaïs ? Vous savez ce que nos voisins feraient à ma famille s'ils l'apprenaient ? Ils seraient terrifiés et ils nous tueraient tous, de peur que vous mettiez ce village à feu et à sang pour vous venger.

Maya ne prit pas la peine de la contredire. Ce que disait la femme était exact. Les humains avaient déjà agi de cette façon à de nombreuses reprises dans le passé.

— Je suis heureuse de voir que nous nous comprenons, fit Maya en ôtant le couteau de la gorge de la femme.

Puis elle se dirigea vers la porte et déclara, la gorge nouée :

— Je suis désolée, pas d'avoir tué votre mari, non, mais je suis désolée de la peine que sa mort va causer à vos enfants.

La femme ne répondit rien, mais, en refermant la porte, Maya l'entendit se mettre à sangloter doucement.

# 22

— Maya, ton père va nous tuer, soupira Cléa tandis qu'elles avançaient vers les bois qui entouraient l'école.

— Pourquoi ? fit celle-ci. C'est lui qui voulait que je vienne à Tedeskah, lui qui voulait que j'étudie avec les humains.

— Tu sais très bien ce que je veux dire. Après notre sortie de la nuit dernière, il t'a ordonné de rester à la maison.

— Non, il me l'a demandé. S'il me l'avait ordonné, tu sais très bien que je n'aurais pas pu lui désobéir.

Jolan rechignait à utiliser son pouvoir de chef de meute sur sa fille, mais Cléa savait que Maya était de mauvaise foi quand elle prétendait qu'il ne s'agissait pas d'un ordre.

— Il n'empêche que ça va être notre fête.

— Qu'est-ce que tu voulais que je fasse ? On avait prévu de se voir tous aujourd'hui. Il n'est pas question que je leur fasse faux bond.

Cléa fit la moue. Elle n'avait aucune envie de voir Bregan, Nel et Wan, et elle ne pouvait s'empêcher de trouver inepte et contre nature l'alliance conclue par Maya avec les héritiers des autres clans.

— Deux jours. Qu'est-ce que tu veux qu'ils aient trouvé en deux jours, hein ? Et puis, qui te dit qu'ils seront là ou qu'ils n'ont pas changé d'avis ? Et puis Nel est blessée, non ?

— Blessée ou pas, elle a promis de faire son possible, répondit Maya en entrant dans la clairière.

Tous, à l'exception de Wan, étaient déjà là.

— Où est Wan ? demanda Maya en scrutant le beau visage de Bregan.

Ce dernier quitta immédiatement l'expression froide et indéchiffrable qu'il avait coutume d'arborer et la laissa deviner ce qu'il ressentait vraiment : il était heureux, oui, vraiment heureux de la voir.

— Bonjour Maya.

— Oh oui, désolée, bonjour Bregan, fit-elle en essayant de ne pas rougir.

Qu'est-ce qu'il lui prenait ? Pourquoi les battements de son cœur s'accéléraient-ils brusquement ? Gênée, la Lupaï se tourna vers Nel.

— Coucou. Ton épaule va mieux ?

— Oui, elle est presque guérie, répondit la jeune Rapaï en lui souriant.

Maya lui retourna son sourire. Les Yokaïs guérissaient moins vite sous leur forme humaine que sous leur forme animale, mais si aucun organe vital n'était touché, leurs plaies se refermaient cent fois plus vite que s'ils avaient été entièrement humains.

— Je suis en retard ?

Maya, Cléa, Nel et Bregan pivotèrent aussitôt vers Wan.

— On peut savoir ce que tu es en train de faire ? demanda Bregan en jetant un regard ouvertement réprobateur au Serpaï.

— Qui est-ce ? demanda Cléa, avant de reconnaître l'homme inconscient que Wan portait sur son dos.

Il s'agissait de monsieur Dantsky, le mémorateur de sports anciens. Wan sourit nonchalamment.

— Je l'ai croisé par hasard et, comme j'avais de toute manière l'intention de le tuer, je me suis dit que je pouvais faire d'une pierre deux coups...

Cléa se renfrogna.

— Génial... Au cas où tu ne l'aurais pas compris, nous, ce qu'on veut, c'est trouver des infos utiles, pas accumuler d'autres cadavres...

— Oh, mais j'ai trouvé des infos utiles ! Je ne les ai simplement pas encore toutes récupérées, rétorqua Wan en jetant monsieur Dantsky sur le sol comme un vieux paquet de linge sale.

— Alors tu ne crois pas que tu devrais t'en occuper plutôt que de perdre du temps avec ce mémorateur ? le sermonna sèchement Maya.

— Tuer un imbécile n'est jamais une perte de temps, répondit Wan avec un sourire amusé.

— Tu es sûr que personne ne t'a vu au moins ? fit Nel, agacée

Ils s'étaient une nouvelle fois donné rendez-vous dans la forêt, loin des regards indiscrets. Mais même s'il était encore tôt, les élèves étaient de plus en plus nombreux à arriver.

— Certain. Je l'ai eu derrière le gymnase et je suis passé par les bois extérieurs.

Bregan fronça les sourcils. Wan n'était pas le seul Yokaï à détester le mémorateur. Il était de notoriété publique que ce dernier les haïssait et qu'il passait son temps à trouver de bonnes raisons pour les punir ou les renvoyer, mais il ne voyait pas l'intérêt que Wan avait de le tuer. Ils avaient pour le moment des choses bien plus urgentes à régler.

— Bon, alors finis-en vite, qu'on puisse discuter, soupira Bregan.

— Quoi ? On peut parler en attendant qu'il se réveille, non ? dit Wan.

— Pourquoi veux-tu attendre qu'il soit réveillé pour le tuer ? demanda Cléa.

— Parce que ce sera plus drôle.

— Tu sais, j'ai un peu de mal à croire que Cook soit un psychopathe, mais lui, par contre, c'est sans problème, murmura Cléa à l'oreille de Maya.

Cette dernière poussa un soupir et leva les yeux vers le ciel.

— Bon, pour en revenir à ces deux derniers jours, Cléa et moi, on a suivi l'odeur d'Eliazad, l'un des tireurs, jusqu'à Thargh, un village situé à une trentaine de kilomètres d'ici. J'ai interrogé sa femme. Elle ne savait pas grand-chose mais elle m'a dit qu'il lui avait parlé d'un grand changement qui aurait lieu bientôt. Elle a aussi précisé qu'il travaillait pour l'ordonateur d'Havengard depuis deux ans. Mais je ne suis pas certaine que son mari ne lui ait pas menti.

Bregan plissa les yeux.

— Vous l'avez pisté sous forme de loups ?

— Oui. On l'a fait de nuit, et non, personne ne nous a vus.

— Tu as pris de gros risques, déclara-t-il, mécontent.

— On devait agir tant que la piste était fraîche, expliqua Maya.

— Il n'empêche que c'était un gros risque, répéta Bregan en la fixant du regard.

Wan ricana.

— Bregan s'inquiète pour toi, louve… Si c'est pas mignon…

— Moi, je suis allée voir Brym, le grand corbeau. Il a accepté de nous aider, révéla soudain Nel.

— Le grand corbeau ? s'étonna Maya.

— Oui. Les corbeaux peuvent aller et venir en terres neutres et tous lui obéissent.

Maya, Cléa, Bregan et Wan échangèrent un regard surpris. Il arrivait que les Yokaïs communiquent avec certains animaux sauvages, mais ils n'en connaissaient aucun avec lesquels ils puissent avoir de vraies discussions.

— Brym ? Je n'en ai jamais entendu parler, fit Bregan.

— C'est normal, il ne parle à personne. Pas même à ma mère, mais il est très gentil, quand on sait le prendre, répondit Nel en souriant.

— Okay… bon… j'imagine que c'est une bonne nouvelle alors, fit Maya avant de reporter son attention sur Bregan et de l'interroger : Et toi ? Tu as trouvé quelque chose ?

— J'ai arpenté les terres sauvages avec plusieurs membres de mon clan à la recherche du Taïgan solitaire qui a tué la sentinelle, mais nous n'avons trouvé aucune trace de lui, nulle part. Donc, soit il est parti très loin, soit il se trouve sur les terres neutres.

— Il se cacherait parmi les humains ? demanda Cléa, étonnée.

— Exact, confirma Bregan.

— Où… où suis-je ? s'enquit tout à coup le mémorateur en ouvrant les yeux, l'air hébété.

— Ah, monsieur Dantsky, ravi de voir que vous avez repris vos esprits, je commençais à m'inquiéter ! lança Wan d'un ton joyeux.

Le mémorateur le fixa et fronça les sourcils en apercevant Maya, Cléa, Bregan et Nel.

— Qu'est-ce que je fais là ? balbutia-t-il en posant la main sur le bas de sa mâchoire avant d'esquisser une grimace de douleur. C'est vous ! C'est vous qui m'avez frappé ! Cette fois vous êtes allé trop loin, monsieur Wan ! Vous allez le regretter, je vais vous faire renvoyer !!!

— Impossible, répondit Wan sans se départir de son sourire.

— Quoi ? l'interrogea monsieur Dantsky en se relevant maladroitement.

— Je dis que c'est impossible parce que je vais vous tuer ici et maintenant. Le tout étant de savoir si vous comptez nous quitter rapidement ou dans la souffrance.

Les yeux du mémorateur s'écarquillèrent d'horreur.

— Qu'est-ce que vous racontez ? Vous êtes devenu fou !!!?

— Je suis quelqu'un de particulièrement observateur, monsieur Dantsky, et j'ai beaucoup repensé à ce que j'ai vu le jour de la fusillade. Vous vous teniez non loin du parvis, mais vous n'avez pas eu l'air surpris en entendant les tirs. Vous ne vous êtes pas enfui. Vous vous êtes caché, mais vous avez regardé ce qu'il se passait en souriant. Comme si vous saviez. Comme si vous étiez content.

Le mémorateur déglutit tandis que Maya, Cléa, Bregan et Nel le regardaient soudain d'un air intéressé. De toute évidence, Wan avait menti quand il disait avoir croisé monsieur Dantsky par hasard. Il n'avait pas choisi de le kidnapper et de le tuer sur un coup de tête. Au contraire. Tout son comportement relevait d'un plan bien calculé. Un plan qui devait lui permettre de récupérer les informations dont le Serpaï leur avait parlé plus tôt.

— C'est… c'est faux ! Je n'ai pas…

— Si. Bien sûr que si. Alors ma question est la suivante : faites-vous partie de ces idiots fanatiques qui pensent que les Yokaïs doivent être éliminés mais qui n'ont pas le courage de mettre en pratique leurs convictions ou étiez-vous complice de ces hommes ? J'avoue que j'ai déjà ma petite idée là-dessus, mais disons que c'est un test… Vous avez cinq secondes…

Des gouttes de transpiration se mirent à couler sur le front du mémorateur.

— Est-ce… est-ce que vous me laisserez partir si je vous le dis ?

Le sourire du Serpaï se flétrit.

— Non. Mais je vous promets de laisser votre famille tranquille une fois que je vous aurais tué.

Maya fronça les sourcils. Elle avait elle-même proféré ce genre de menaces face à la femme d'Eliazad en sachant parfaitement qu'elle n'avait jamais eu l'intention de les mettre à exécution, mais son instinct lui soufflait que, contrairement à elle, Wan était on ne peut plus sérieux.

— Vous… vous êtes un monstre ! Un animal ! Vous n'avez aucune conscience !!!

— Deux secondes, Dantsky, poursuivit Wan tandis que Cléa le regardait, à la fois terrifiée et fascinée.

Comment un garçon aussi beau pouvait-il être détraqué à ce point ? C'était quoi ? Une compensation offerte par la nature ? « D'accord, tu seras cruel et complètement dingue, mais ton physique sera à tomber » ?

— Monsieur Bregan, vous… vous n'allez pas le laisser faire, hein ? gémit le mémorateur en lui jetant un regard suppliant.

Le Taïgan croisa les bras sans répondre. Il n'avait aucun désir d'assister à ce genre de spectacle. Il avait beau ne ressentir aucune sympathie pour monsieur Dantsky, il ne souhaitait pas sa mort non plus. Mais le tigre savait par expérience que quand Wan prenait une décision, il était pratiquement impossible de le faire changer d'avis. Du moins pas sans avoir à se battre. Or Bregan ne voulait pas courir le risque de créer des dissensions au sein de leur petit groupe, pas tant qu'ils auraient besoin les uns des autres.

— Votre temps est écoulé, Dantsky, annonça Wan d'un air guilleret.

Maya inspira profondément. Wan souriait comme si tout ce qu'il se passait n'était qu'une vaste plaisanterie. Mais elle savait, tout comme Bregan et Nel, qu'il n'en était rien et qu'il était sur le point de se transformer.

— Wan, commença-t-elle, attends, tu…

— Je vais parler ! Je… je ne sais pas grand-chose mais je vais parler ! hurla le mémorateur en regardant, terrifié, une longue langue fourchue jaillir de la bouche du Serpaï.

Plusieurs émotions conflictuelles passèrent sur le visage de Wan – déception, curiosité, satisfaction. Puis il se calma, ravala son pouvoir et stoppa net sa transformation.

— Wouah ! Je ne connais aucun Yokaï capable de faire ça, murmura Cléa à Maya. Pas alors que le changement est déclenché.

— Moi non plus, répondit cette dernière, impressionnée.

— Alors ? fit Wan en fixant le mémorateur de ses magnifiques yeux mauves.

— Ils… ils sont venus me voir. Ils voulaient savoir quels étaient vos emplois du temps. À quels cours vous assistiez. Les heures où vous arriviez et repartiez de l'école, balbutia le mémorateur.

— Qui sont-ils ? Ou plutôt : qui étaient-ils ? demanda Bregan.

— Ils… ils m'ont dit qu'ils faisaient partie d'un groupe créé pour protéger les humains…

— Les protéger contre qui ? le coupa Wan d'un ton glacial.

Le mémorateur, blême, baissa les yeux.

— Contre… contre vous.

— Contre nous ?

Maya tourna la tête vers Nel. La Rapaï n'avait pratiquement rien dit jusqu'à présent. Elle n'avait pas montré le moindre émoi et était restée aussi neutre et immobile qu'une statue. La colère qui luisait maintenant dans les yeux de la fillette était la première émotion qu'elle exprimait depuis que le mémorateur avait repris connaissance.

— Vous voulez dire contre les Yokaïs ? demanda Nel avec hostilité.

— Oui, fit-il en tentant de calmer ses tremblements.

Il n'y avait dans son comportement plus une trace de l'orgueil ni de l'arrogance qu'il affichait d'ordinaire. Il sentait la peur et le renoncement. Il était brisé. Brisé et pathétique.

— Qui dirige ce groupe ? Qui en fait partie ? poursuivit Nel.

— Je l'ignore. Vraiment.

— Mais vous avez cru ces hommes et vous les avez aidés. Pourquoi ? insista Nel.

— J'avais... j'avais déjà entendu des rumeurs, des discussions, avoua-t-il avec réticence. De plus en plus de personnes disent qu'on doit se défendre, qu'on ne doit plus se laisser faire...

Bregan fronça les sourcils. D'après ce que disait le mémorateur, les humains étaient de moins en moins contents de leur sort et un bon nombre d'entre eux songeaient à se rebeller. Autrement dit, la révolte grondait. Une révolte qu'aucun Yokaï ne semblait pourtant voir venir.

Il se tourna vers Maya.

— Qu'est-ce que tu en penses ?

— J'en pense qu'il faut qu'on parle aux Conseils, répondit la louve.

— Tu sais parfaitement que ça ne servira à rien ; le Conseil a refusé de t'écouter la dernière fois que tu t'es adressé à lui, il ne t'écoutera pas plus cette fois-ci, objecta Cléa, la mine sombre.

— Ma mère et son Conseil ne feront rien sans preuves, déclara Nel.

— Pareil en ce qui me concerne, ajouta Bregan avant de se tourner vers Wan : Et toi ? Qu'en penseront les Serpaïs, d'après toi ? Ils te croiront ?

Wan se mit à ricaner.

— Bien sûr qu'ils me croiront. Et je connais déjà leur réponse : règle le problème et cesse de nous ennuyer avec ce genre de futilités.

Bregan et les autres n'en étaient pas autrement surpris. Les serpents considéraient les humains au mieux comme des cloportes, au pire comme une grande réserve de viande et de protéines. Bref, ils ne les pensaient guère capables de constituer une véritable menace.

— Je… je vous ai dit tout ce que je savais, balbutia le mémorateur avec des larmes dans les yeux, alors vous allez me laisser m'en aller, hein ?

— Ces discussions dont vous avez parlé, celles qui disaient que les humains devaient se défendre, où les avez-vous entendues ? demanda Maya en ignorant sa question.

— Je… je ne me souviens plus.

Wan esquissa un sourire qui n'atteignit pas ses yeux, puis il posa sa main sur la gorge du mémorateur.

— À… À Havengard ! Dans une taverne appelée « Le Loup mort » ! bafouilla précipitamment ce dernier.

« Le Loup mort » ? Tout un programme, songea Maya.

— Havengard, l'endroit où travaillait notre tireur. Je crois qu'on devrait aller y faire un tour, suggéra Cléa.

— Wan et moi, nous allons nous en charger, dit Bregan avant de s'adresser à Maya, Cléa et Nel : Vous, vous rentrez chez vous, on vous contactera si on trouve quoi que ce soit.

— Tu plaisantes ? Il n'en est pas question ! gronda Maya.

— Je suis d'accord avec la louve. Nous sommes tout aussi concernées que vous l'êtes, il n'y a aucune raison de nous tenir à l'écart, déclara Nel d'un ton ferme.

Wan leva les yeux au ciel.

— À quoi est-ce que tu joues, Bregan ? Au chevalier servant ? Je te parie tout ce que tu veux que cette aigle, oui, cette petite que tu veux protéger, pourrait te balancer d'une falaise en moins de temps qu'il n'en faut pour le dire et que ça ne l'empêcherait pas de dormir.

Nel se renfrogna. Elle n'était pas du genre à y songer à deux fois avant d'agir, mais contrairement à ce que cet imbécile de Serpaï s'imaginait, elle n'avait pas hérité des pulsions homicides de sa mère, la reine. Elle n'aimait ni tuer ni blesser gratuitement.

— Ne l'écoutez pas, je n'ai pas l'intention de faire du mal à qui que ce soit. En tout cas, pas pour le moment, crut-elle bon de préciser.

— C'est bien ça, mademoiselle Nel… très bien. Alors vous allez dire à vos amis de me laisser partir, hein ? bégaya tout à coup le mémorateur d'un ton implorant.

Maya, Cléa, Bregan et Nel échangèrent un regard perplexe puis ils se tournèrent vers Wan. Ce dernier haussa les épaules, l'air de dire que lui non plus ne voyait pas le rapport entre ce que Nel venait de dire et le fait de laisser l'humain se carapater, à la suite de quoi il commença à se transformer sous les hurlements épouvantés du mémorateur.

# 23

Nel, Maya, Cléa, Wan et Bregan marchèrent sur les chemins de terre, à l'abri des regards et loin des routes principales, une bonne partie de la journée. Sans relief et majoritairement couvertes de champs, les terres neutres semblaient s'étendre à l'infini. Chaque parcelle de terre, chaque petit bout de verdure était exploité dans un unique but : nourrir la population. Une population affamée et de plus en plus nombreuse.

— J'espère qu'on ne s'est pas trompés de direction, marmonna Cléa en rebouchant sa gourde vide.

— Impossible, la rassura Nel, j'ai demandé mon chemin aux corbeaux.

De fait, une dizaine de volatiles volaient devant et au-dessus d'eux, telle une escorte funeste.

— Tu es certaine qu'ils t'ont comprise ? Que c'est bien la route d'Havengard ? l'interrogea Cléa en la fixant du regard.

Nel haussa les sourcils comme si elle trouvait la question de la louve absurde.

— Les corbeaux me comprennent toujours.

— J'entends le bruit de plusieurs chevaux qui viennent sur le chemin derrière nous, fit soudain Maya.

— Qu'est-ce qu'on fait ? demanda Cléa en l'interrogeant du regard.

— On se cache. Inutile d'attirer l'attention, décréta Bregan.

Les autres opinèrent et le suivirent sans discuter jusque dans le champ de maïs qui se trouvait à proximité.

— On pourrait peut-être en profiter pour faire une pause et manger quelque chose, suggéra Cléa qui entendait son estomac gargouiller.

— Bonne idée, fit Maya en sortant un énorme morceau de cerf de son sac à dos.

— Oh non, très peu pour moi, merci. Je me sens déjà assez lourd, répondit le Serpaï en posant instinctivement sa main sur son ventre.

— Je t'avais dit de ne pas avaler monsieur Dantsky tout entier, soupira Bregan.

— Il a raison. Si on compte le modérateur et le tireur de la dernière fois, tu as mangé deux hommes d'au moins 80 kilos cette semaine, tu vas finir par avoir une indigestion, remarqua Maya d'un ton réprobateur.

— Qu'est-ce que tu voulais que je fasse d'autre ? Vous m'avez demandé de ne pas laisser de traces, grommela Wan.

— C'est pas faux, admit Nel.

— Baisse-toi, fit Wan en tirant sur la robe de celle-ci.

— Quoi ?

— Baisse ta tête ou je te la coupe, répéta-t-il, les yeux rivés sur les trois cavaliers qui chevauchaient à une trentaine de mètres d'eux.

Nel plongea aussitôt au sol et, relevant lentement le menton, lui chuchota :

— Tu ne pourrais pas le demander gentiment ?

— Non.

— Pourquoi ?

— Parce que c'est bien plus drôle comme ça.

Le soleil était bas et la lumière rouge du crépuscule s'allongeait sur la terre quand ils aperçurent enfin Havengard. Jusque-là, à l'exception des cavaliers qu'ils avaient vus passer, ils n'avaient croisé personne. Impropre à la circulation des chariots, la voie que leur avaient fait suivre les corbeaux était peu usitée.

— On s'arrête là et on attend qu'il fasse entièrement nuit avant de pénétrer dans la cité ? demanda Maya.

— Oui. C'est plus prudent, répondit Bregan tandis que les autres acquiesçaient à leur tour.

— Prudent ? Ce sont eux qui devraient l'être, fit Wan en ricanant.

— Wan, cesse de t'exciter, c'est mauvais pour ton régime, le rabroua Maya.

— Et puis tu vas encore avoir des crampes d'estomac, ajouta Cléa.

— C'est dingue ce que vous pouvez être rabat-joie, soupira le Serpaï.

Cléa se retint de sourire. Elle n'aurait jamais imaginé quelques jours plus tôt qu'elle se serait retrouvée en si étrange compagnie. Jamais imaginé que les quatre héritiers puissent conclure une alliance. Jamais imaginé les voir un jour emprunter le même chemin. Jamais imaginé les voir rire et plaisanter ensemble. Et elle ne savait vraiment pas ce qu'elle devait en penser.

Incapable de tenir en place, Léna, les traits tirés, arpentait le salon de droite à gauche en se mordillant les lèvres.

— Tu ne sais vraiment pas où est ton frère ?

Mika secoua la tête.

— Tu es sûr qu'il ne t'a rien dit ?

Mika secoua de nouveau la tête.

— Non. Il a juste dit qu'il allait à l'école et que je ne pouvais pas venir avec lui.

Léna allait répondre lorsqu'elle entendit quelqu'un frapper à la porte. Elle alla immédiatement ouvrir et tomba nez à nez avec maître Typhon et Cook. Ce dernier affichait une expression ennuyée qui indiquait clairement qu'il n'était pas ravi d'être là.

— Maître Typhon ? Vous avez des nouvelles ?

Le tigre entra et fit signe à Cook d'en faire de même. Celui-ci hésita, puis il poussa un profond soupir et finit par obtempérer.

— J'ai envoyé nos hommes à l'école. Personne ne semble avoir vu Bregan de la journée, répondit maître Typhon en s'asseyant dans le grand fauteuil installé face à la cheminée.

— Vous… vous insinuez qu'il a disparu ? demanda Léna d'une voix blême. Si quelqu'un lui a fait du mal, les loups ou…

— Je ne pense pas que ce soit le cas, n'est-ce pas, Cook ? fit maître Typhon en tournant la tête vers lui.

Ce dernier baissa les yeux.

— Non.

Léna, comprenant que le meilleur ami de son fils n'était pas dans son état habituel, avança vers lui.

— Tu sais où est mon fils ?

Cook hésita mais, en voyant l'expression inquiète sur le visage de la mère de Bregan, et surtout la lueur de menace qui brillait dans les yeux de maître Typhon qui lui intimait de répondre, il acquiesça.

— Il est probablement avec l'héritière du clan Lupaï.

— L'héritière du clan Lupaï ? Mais pourquoi ? À cause de la sentinelle qui a été tuée ? Je sais qu'il veut éviter la guerre et que... Mais cette fille lui a peut-être tendu un piège et...

— Oh non, t'inquiète pas maman, Maya est très gentille, tenta de la rassurer Mika.

Léna dévisagea son fils d'un air surpris.

— Quoi ?

— Elle est très gentille, répéta-t-il. Elle a joué avec moi et elle m'a sauvé quand je me suis perdu sur le territoire des loups, et puis elle s'est couchée sur moi pour me protéger quand le méchant humain a essayé de nous tuer avec son fusil.

Léna ouvrit la bouche puis la referma avant de l'ouvrir à nouveau.

— Tu... tu t'es perdu sur le territoire des loups ?

— Oui, la dernière fois pendant la chasse. Et Maya, elle s'est occupée de moi et elle nous a laissés nous échapper, Bregan et moi. Elle est super cool.

Cook tourna aussitôt un visage étonné vers Mika. Maya avait laissé partir Bregan ? Elle avait risqué sa vie pour protéger Mika ? Pourquoi cet imbécile de Bregan ne lui avait-il rien dit ? Il aurait bien mieux compris pourquoi il avait défendu la louve contre le Serpaï, pourquoi il lui faisait confiance, et surtout pourquoi il se comportait si étrangement avec elle.

— Il semble, d'après les informations que nous avons pu obtenir, que Bregan, la Lupaï mais aussi les héritiers des clans Rapaï et Serpaï aient eux aussi disparu, précisa maître Typhon.

— Comment ? Mais qu'est-ce que ça signifie ? l'interrogea Léna avant de se tourner vers Cook.

Ce dernier se balança d'un pied sur l'autre d'un air gêné, puis avoua :

— Bregan est venu me voir ce matin avant de partir. Il m'a dit qu'il avait conclu une sorte d'accord avec les trois autres héritiers après l'attaque de l'école et qu'il devait les retrouver là-bas pour mettre au point un plan. Mais c'est tout ce que je sais.

— Stupide ! Stupide gamin ! Tu es comme un frère pour lui ! Pourquoi n'es-tu pas allé avec lui ? Pourquoi n'es-tu pas en train de veiller sur sa sécurité ? gronda Léna en fusillant Cook du regard.

Le Taïgan baissa les yeux.

— Je l'ai supplié de me laisser l'accompagner mais il n'a rien voulu entendre. Il m'a dit que ma présence risquait de tout compromettre, qu'il voulait leur montrer qu'il leur faisait confiance et que leur accord était encore trop fragile pour…

Léna, le menton tremblant de fureur, lui assena soudain une formidable gifle.

— Tu es son frère de sang ! Son garde ! Je me moque de tes explications ! Tout ce que je vois, moi, c'est que mon fils est en danger et que tu n'as rien fait pour le protéger !!!

Maître Typhon secoua la tête et se releva de son siège.

— Léna, calme-toi. Nous avons suivi les traces de Bregan. Il semble que la Rapaï, la Lupaï, le Serpaï et une autre louve aient quitté l'école de Tedeskah et les bordures des terres neutres pour s'enfoncer à l'intérieur du territoire des hommes.

Léna déglutit.

— Ils… ils voyagent ensemble ? Vraiment *ensemble* ?

— Oui. Je crois qu'ils ont découvert quelque chose, quelque chose en lien avec les meurtres de la sentinelle des loups et de Tyr, mais aussi de l'attaque dont ils ont été victimes, confirma maître Typhon.

— Alors tu le crois ? Tu le crois maintenant ? Tu penses toi aussi que les loups n'ont rien à voir avec l'assassinat de Tyr et que mon fils a raison quand il dit que les humains sont peut-être impliqués ?

— Disons que je commence à me poser beaucoup de questions. Du reste, c'est en partie ma faute : j'ai dit à Bregan qu'il devait me rapporter des preuves de ce qu'il avance. J'imagine que c'est ce qu'il est en train d'essayer de faire, soupira-t-il d'un ton las.

Léna secoua la tête.

— C'est trop risqué. Envoie des hommes là-bas et ramène-moi mon fils.

— Léna, les humains nous tolèrent à Tedeskah à cause des enfants et parce que ça fait partie de nos accords, mais tu sais comme moi que le traité nous interdit d'aller plus loin.

— Je m'en moque ! Je veux que tu me récupères mon fils !

— Léna, les héritiers sont jeunes mais ils font partie des plus puissants guerriers Yokaïs, je doute qu'ils aient besoin d'être protégés des hommes.

— Ce ne sont pas les hommes que je redoute, mais les compagnons de voyage de mon fils. Bregan marche en ce moment même aux côtés de ses ennemis.

Une lueur énigmatique s'alluma dans les yeux de maître Typhon.

— Possible…

— Mais tu n'as malgré tout pas l'intention d'envoyer nos troupes le secourir, n'est-ce pas ? demanda Léna d'une voix blanche.

Maître Typhon prit une profonde inspiration et répondit d'un ton grave :

— Non.

Le chemin s'était enfoncé lentement mais sans rémission dans l'obscurité. Il était maintenant temps pour les héritiers de reprendre la route. Surplombée d'un grand ciel nocturne piqueté d'étoiles brillantes et froides, Havengard se dressait devant eux. Et à mesure qu'ils s'approchaient des remparts de bois de la cité, des effluves de fumée, d'urine, d'hommes, d'entrepôts à grains et de presses à vin de plus en plus forts leur emplissaient les narines.

— Pouah ! Ça pue ! gronda Cléa en luttant contre la nausée qui l'envahissait.

— Je vous l'ai dit, plus on connaît les humains, moins on a envie de les fréquenter et plus on éprouve le désir de les dévorer, soupira Wan.

Nel balaya la ville du regard. Les maisons étaient pour la plupart d'entre elles en bois, mais par-ci par-là certaines demeures, plus élaborées, étaient construites en pierre. Le pavé des rues escarpées et tortueuses éclairées par des torches branlait et se déchaussait sous le poids des chevaux et des chariots. Les gens les frôlaient, occupés à toutes sortes de tâches en dépit de l'heure tardive.

— Par quoi commence-t-on ? demanda Cléa en se tournant vers les autres.

— Par la taverne du Loup-mort, répondit aussitôt Maya.

— Qu'est-ce que tu comptes faire ? Attraper le proprio et lui faire manger son enseigne jusqu'à ce qu'il accepte de changer de nom ? plaisanta Bregan.

— Quelque chose dans ce goût-là, admit-elle avec un sourire qui n'atteignit pas ses yeux.

Quand ils entrèrent dans la taverne surpeuplée, personne ne fit attention à eux et les Yokaïs, à l'exception de Wan qui fixait le sol pour dissimuler ses yeux mauves, purent examiner les lieux à loisir. Trois bonnes dizaines d'hommes mangeaient et buvaient à de grandes tables couvertes d'entailles dans une pièce rectangulaire chauffée par une imposante cheminée. L'endroit sentait la nourriture, le vin et la sueur. À droite, tonneaux et tonnelets s'alignaient contre un mur et, au fond, un homme s'agitait derrière un long comptoir de chêne en braillant aux deux femmes qui circulaient entre les tables, des écuelles dans les mains, de se dépêcher.

— Oh oh…, fit Cléa.

— Quoi « oh oh » ? demanda Maya.

— Quelqu'un a songé à prendre des hyuens ?

Les hyuens étaient une sorte de monnaie que les humains s'échangeaient entre eux. Nel sourit.

— Oui. J'avais prévu d'en emporter, au cas où, répondit-elle en sortant une petite bourse de sa poche.

Les autres hochèrent la tête, soulagés, puis ils s'installèrent à l'une des deux seules tables qui restaient disponibles.

— Pourquoi perdre notre temps dans cet endroit ? On pourrait attraper l'homme derrière le bar et l'emmener dehors pour avoir une petite discussion avec lui, grommela Wan. Il sait forcément quelque chose sur les gens dont Dantsky nous a parlé.

— Oui, on pourrait faire ça, mais dans ce cas il faudrait tuer tous ceux qui se trouvent ici, rétorqua Bregan.

— Et alors ? fit Wan en lui jetant un regard étonné.

— Franchement, Wan, je te pensais plus subtil, soupira Maya.

Nel leva les yeux au ciel.

— C'est un Serpaï, il ne faut pas trop lui en demander.

Les yeux mauves de Wan la mitraillèrent aussitôt.

— Ne me cherche pas, Rapaï, j'ai déjà beaucoup de mal à me contenir.

— Je n'aime pas du tout cet endroit, fit Cléa en remarquant les regards appuyés que lui lançaient des hommes visiblement enivrés, assis près du comptoir.

— Tu aurais dû mettre quelque chose de plus discret, soupira Maya en jetant un œil réprobateur à la robe carmin au profond décolleté que portait Cléa.

— Je me suis enveloppée d'une cape noire. Je ne pensais pas que j'aurais à l'enlever, rétorqua cette dernière, vexée.

— C'est sûr qu'avec cette écharpe sur la tête qui cache la moitié de ton visage, ta tunique marron informe et tes grandes bottes, ces types ne risquent pas de s'intéresser à toi et ils ne sont pas les seuls, ricana Wan.

Bregan fronça les sourcils d'un air menaçant.

— Wan…

— Quoi ? Je ne fais que constater, poursuivit Wan avec un sourire narquois.

— Ah, parce que tu crois qu'avec tes yeux à moitié fermés et ta main en travers de ta joue pour cacher ton étrange regard et les menaces que tu déblatères à tour de bras tu es attirant ? lança Maya.

— Ça ne fait aucun doute, répondit-il en souriant.

Maya inspira profondément.

— Je te déteste.

— C'est de bonne guerre, lâcha-t-il, amusé.

— Silence ! Écoutez ces hommes, je pense que leur conversation devrait vous intéresser ! fit soudain Nel en leur indiquant discrètement deux humains assis seuls à une table un peu plus loin.

L'un était grand, fort, barbu et avait le visage rougeaud, tandis que l'autre était jeune, mince et bien plus petit. Tous deux portaient l'uniforme des surveillants d'Havengard, une cuirasse de cuir noire par-dessus une tunique blanche, un insigne rond et doré cousu à l'épaule et de larges pantalons gris.

— Ils ne sont toujours pas revenus ? Tu es sûr ? fit le plus jeune.

— Non. Personne n'a de nouvelles, répondit le barbu.

— Tu crois que ça a mal tourné ?

— C'est possible.

— Mais ils disaient qu'il n'y avait aucun risque, déglutit le plus jeune.

— Avec des Yokaïs ? Tu plaisantes ? J'ai jamais vu plus teigneux et plus fort que ces bestiaux-là ! Je vais t'dire, l'Eliazad et l'Quentin, ils sont sûrement morts à l'heure qu'il est !

— Morts, t'es sûr ?

— Morts. Bouffés et digérés, même, fit le grand rougeaud avant de boire son verre d'un trait.

Wan, Cléa, Maya, Bregan et Nel n'avaient eu aucun mal, en dépit du brouhaha, à capter la conversation entre les deux surveillants. Les Yokaïs pouvaient entendre le moindre son, le moindre souffle émis par les personnes dans un rayon d'une trentaine, voire d'une cinquantaine de mètres pour certains d'entre eux.

— Je crois qu'on a trouvé ce qu'on cherchait, fit Nel avec un sourire triomphant.

Les autres acquiescèrent aussitôt.

— Comment on procède ? demanda Maya.

— On attend tranquillement qu'ils sortent et on s'occupe d'eux, répondit Bregan.

— Et pour lui ? questionna Wan en tournant la tête vers le patron du bar qui continuait à s'agiter derrière son comptoir.

— Lui ? Pourquoi « lui » ? T'es vraiment un obsessionnel, toi ! remarqua Cléa.

— Ce type entend ces hommes parler à longueur de journée, il sait forcément ce qu'il se passe non seulement ici mais aussi dans cette ville, expliqua Wan.

— Il a raison, approuva Bregan, puisqu'on est là, autant ne rien négliger. Cléa, Nel et Wan, vous restez ici et vous attendez la fermeture avant de vous occuper de lui. Maya et moi, on va se charger de ces deux-là, ajouta-t-il en jetant un rapide regard aux surveillants.

Nel fronça les sourcils.

— Je ne suis pas certaine que nous devrions nous séparer.

— Quoi ? Tu as peur, petite aigle ? fit Wan avec un sourire moqueur.

— Il y a près de cinq mille humains dans cette cité, Serpaï. Si les choses tournent mal, nous risquons d'avoir de sérieux ennuis.

Les yeux de Wan se mirent à briller d'excitation.

— Parfait. Pour une fois qu'on a l'occasion de s'amuser…

Nel poussa un profond soupir.

— D'accord, mais vous ne direz pas que je ne vous ai pas prévenus.

# 24

Les deux surveillants venaient de sortir de la taverne.

— Qu'est-ce qu'on fait ?

— On va les suivre, il y a trop de monde ici, répondit Bregan en observant une dizaine d'hommes et de femmes qui s'avançaient dans la ruelle en riant.

Maya acquiesça et ils commencèrent à les suivre discrètement. Les deux hommes, en dépit de leur état d'ébriété, marchaient d'un pas rapide en longeant les maisons. Mais chaque fois que les Yokaïs pressaient le pas pour les rattraper, des humains surgissaient des rues environnantes.

— Les humains ne dorment-ils jamais ? grommela Maya avec lassitude tandis qu'ils remontaient vers un immense bâtiment de pierre.

— C'est la citadelle des gardes ! Fonce ! fit Bregan en se mettant brusquement à accélérer.

Les deux surveillants firent halte, comme animés par un accord tacite, en entendant des bruits de pas derrière eux, mais quand ils se retournèrent il était déjà trop tard. Maya et Bregan les avaient déjà soulevés et entraînés une vingtaine de mètres plus loin dans un coin sombre.

— Qu'est-ce que vous voulez ? Lâchez-moi ! hurla le grand homme rougeaud en dévisageant Maya d'un regard haineux.

Celle-ci tourna la tête d'un air dégoûté.

— Oh ce qu'il empeste !

Bregan approcha son visage du plus jeune qu'il tenait à bout de bras et grimaça en le humant.

— Si tu veux, on échange, mais je ne crois pas que ça va changer grand-chose.

— Tant pis, fit Maya d'un ton déçu avant de s'adresser à l'homme rougeaud : Je ne voudrais pas te vexer, mais je pense que tu devrais songer à te laver de temps en temps.

— Va te faire foutre ! gronda l'homme avant de lui cracher au visage.

Des éclairs s'allumèrent dans les yeux de Bregan. Reposant précipitamment le jeune surveillant sur le sol, il prit le gros rougeaud par le col et le projeta si violemment dans les airs que l'homme atterrit contre un mur situé une dizaine de mètres plus loin.

— Oh non..., souffla Maya.

Bregan parcourut en quelques pas la distance qui le séparait de l'homme qu'il venait de frapper et s'accroupit près de lui.

— Rassure-moi : il n'est pas mort, j'espère ? fit Maya en le mitraillant des yeux.

Bregan leva vers elle un regard confus. Il n'avait pas besoin de toucher ou d'examiner le corps du surveillant pour lui répondre. Il suffisait qu'il se concentre pour écouter son cœur. Or, son cœur ne battait plus.

— Désolé. Mais ils sont si fragiles que...

Elle fronça les sourcils, mécontente.

— Justement. Tu ne pouvais pas faire un peu plus attention ?

— Ce n'est pas grave, on en a un au…

Ils tournèrent soudain la tête mais le jeune surveillant avait disparu. Ils le prirent aussitôt en chasse en suivant le bruit de ses bottes qui frappaient le pavé.

— Là ! Il est là ! cria Bregan en montrant le fuyard du doigt.

Une armée de lanternes éclairait la citadelle vers laquelle il se dirigeait en courant.

— À la garde ! À la garde !!!

On entendit alors des voix, un mouvement à l'intérieur, puis une petite porte façonnée à l'intérieur des immenses vantaux qui constituaient l'entrée de la citadelle s'ouvrit brusquement. Un homme robuste et large comme une armoire en sortit. Le jeune surveillant se précipita aussitôt dans sa direction. Le grand homme se poussa pour le laisser entrer puis il darda un regard mauvais sur Bregan et Maya qui le poursuivaient.

— Celui-là, je te le laisse ! lança Maya à Bregan en souriant.

— Ben voyons…, répondit ce dernier en avançant vers l'humain qui leur faisait face.

Des muscles impressionnants roulaient sous la peau de ses bras et de son poitrail qu'une cuirasse de cuir ne couvrait qu'en partie. « Pas de doute, t'es un beau morceau, mais il en faudrait au moins une cinquantaine comme toi pour que le combat soit équilibré », songea Bregan tandis qu'il se ruait vers lui, l'épée à la main.

— Trop facile, soupira le Taïgan avant d'esquiver l'homme en sautant de côté.

Puis il le frappa avec force au menton.

Aussitôt sonné, l'individu écarquilla les yeux d'un air hébété, tomba à genoux et enfin s'affala sur les pavés de tout son long.

— Arrête de pavoiser, l'autre est toujours en fuite et quelque chose me dit qu'il va nous donner du fil à retordre, lâcha Maya en pénétrant à l'intérieur de la citadelle.

Le Serpaï en avait assez du bruit, des voix, des odeurs de cette maudite taverne et commençait sérieusement à s'impatienter. La salle ne s'était vidée qu'à moitié, une dizaine d'humains éméchés commençaient à entonner de longues et horribles chansons, et le patron, infatigable, continuait, derrière son comptoir, à servir vin et bière à qui le lui demandait.

— Ne le fixe pas comme ça, il va commencer à trouver ça louche, fit Cléa d'un ton réprobateur.

— Ça y est ! Il bouge enfin, j'y vais ! déclara Wan en se relevant brusquement.

— Il y a encore trop de gens, objecta Cléa en agrippant son bras, Bregan a dit qu'il fallait attendre que…

— Je me fiche de ce que Bregan dit, j'en ai marre de poireauter ! répondit Wan en repoussant la main de Cléa avant de humer l'air et de se diriger vers l'extrémité du comptoir.

La trappe conduisant à la réserve était grande ouverte. Wan emprunta sans hésiter le petit escalier qui menait au sous-sol.

— Qu'est-ce qu'on fait ? demanda Cléa en se tournant vers Nel.

Celle-ci secoua la tête en guise de désapprobation. Ce Serpaï n'avait aucune patience. Il était impulsif, irréfléchi et incontrôlable, ce qui le rendait particulièrement dangereux.

— On y va avant qu'il bouffe le patron tout cru et se chope une nouvelle indigestion, soupira-t-elle en déposant quelques hyuens sur la table avant de se lever à son tour.

Cléa haussa les épaules puis elles se dirigèrent vers l'endroit où Wan avait disparu. Elles avaient pratiquement atteint le comptoir lorsqu'un homme agrippa soudain la louve par la taille.

— Eh ma jolie ! Tu ne veux pas me faire un câlin ?

Cléa plissa les yeux et, toisant avec dédain le petit homme joufflu aux gros sourcils épais qui lui souriait, elle posa ses mains sur les siennes et lui brisa les deux poignets d'une simple pression.

— Aïe ! Mais ça va pas ! T'es folle ! hurla le petit homme en gémissant de douleur.

Cléa s'éloigna sans répondre, suivie de près par Nel qui se disait que, décidément, il n'y en avait pas un pour rattraper l'autre.

— Je… je… Ne… ne me faites pas de mal, je vous l'ai dit, j'ai entendu des conversations mais je ne parle pas aux surveillants… Ces gens-là, ils restent entre eux, ils ne s'intéressent pas aux gens comme nous…

Cléa et Maya ne furent pas surprises, en descendant au sous-sol, du spectacle qui les attendait. Wan tenait le patron de la taverne par la gorge et les pieds de ce dernier battaient au-dessus du sol comme les pattes sous l'eau d'un canard.

— Les Yokaïs… qu'avez-vous entendu sur les Yokaïs ? demanda Wan en le dévisageant.

— Les Yokaïs, ils les aiment pas. Ils disent qu'ils ont volé nos terres et qu'ils nous traitent comme des esclaves, mais moi je ne pense pas ça, hein ! Ah non ! se défendit l'aubergiste en plantant son regard dans les yeux mauves de Wan.

— Pourquoi as-tu dit qu'ils ne s'intéressent pas aux gens comme vous ? s'enquit Nel en s'approchant d'eux.

— Parce que les surveillants de la citadelle, ils se prennent pour je ne sais quoi… Ils sont tous à la botte de l'ordonateur, alors ils prennent des grands airs, ils croient que tout leur est permis…

— Et il en pense quoi, l'ordonateur, des Yokaïs ? poursuivit Nel.

— D'après ce que j'ai entendu, mais ça reste entre nous, hein ? il paraît qu'il dit qu'il voudrait les voir morts. Tous.

— C'est bizarre, mais ça me donne très envie de lui rendre une petite visite, moi, à cet ordonateur. Qu'en dites-vous, les filles ? fit Wan d'un ton enthousiaste.

Nel fronça les sourcils.

— L'ordonateur est l'humain le plus important de cette ville et il fait partie des gouvernants. Si on l'élimine, il risque d'y avoir des répercussions qui…

— Répercussions ou pas, s'il est derrière tout ça, il mérite de mourir, assena Cléa.

Elle n'était pas d'un naturel violent. Elle n'était pas une combattante comme Maya, un chef de guerre comme Bregan, un tueur psychopathe comme Wan ou une impitoyable stratège comme Nel. Non, elle n'était qu'une louve, une simple louve. Mais la mort de Callen et celle de Morwin l'avaient durement marquée. Tout comme l'attaque de l'école. Et elle ne voulait plus voir ce genre d'événements se reproduire. Jamais.

Wan lui sourit.

— Continue comme ça et je vais finir par t'apprécier, louve.

— Super. Ça va changer ma vie, rétorqua Cléa avec ironie. Qu'est-ce qu'on fait de lui ?

Wan reposa le patron de la taverne sur le sol et, avant que ce dernier puisse réagir, passa son bras autour de sa gorge et lui brisa les vertèbres cervicales d'un coup sec. L'homme s'écroula aussitôt comme une poupée désarticulée.

— Voilà, c'est réglé, on y va ? dit Wan avec un sourire.

— Tu étais obligé de le tuer ? Après tout, il n'avait rien fait de mal, protesta Cléa.

— C'est un Serpaï, et les Serpaïs n'ont jamais eu besoin de raison pour tuer, fit Nel d'un ton acide.

— Je ne te savais pas aussi sensible, aigle, ricana Wan.

— Il ne s'agit pas de sensibilité, mais de pragmatisme. On ne tue que lorsque c'est nécessaire et en fonction de la situation. Dans le cas contraire, c'est une perte de temps, répondit froidement Nel.

Wan haussa les sourcils.

— Pourquoi une perte de temps ? J'ai mis à peine…

— Ahhhhhhh !!!! hurla soudain une femme sur les marches de l'escalier.

Ses yeux étaient écarquillés et elle fixait Wan, Cléa et Nel avec horreur.

— Au secours !!! Au secours !!! À l'assassin ! cria-t-elle en remontant les marches jusqu'en haut.

— C'est bien ce que je disais : une perte de temps... Tu as compris maintenant ? soupira Nel en lançant un regard sévère au Serpaï.

— Ils sont trop nombreux, on doit changer, fit Bregan en balançant deux surveillants contre un mur.

Depuis qu'ils étaient entrés dans la citadelle, des surveillants armés d'épées ou de couteaux surgissaient de tous côtés.

— D'accord, mais on ne se transforme pas en même temps, c'est trop dangereux.

Les Yokaïs étaient vulnérables durant le changement. Ça ne durait pas très longtemps, bien sûr, mais Maya ne voulait surtout pas prendre de risques. Pas avec autant d'ennemis autour d'eux.

— Commence ! fit-elle en esquivant un coup d'épée de justesse. Je vais m'occuper de ceux-là !

Trois hommes avançaient, forçant Maya à reculer vers une grande cour intérieure située au centre de la citadelle.

— Vous préférez vous battre dehors ? Qu'à cela ne tienne, grinça-t-elle après s'être assurée que personne n'avait vu le Taïgan s'éclipser dans le couloir.

— Dépêche-toi, Bregan, je ne suis pas sûre de tenir encore très longtemps, soupira-t-elle en voyant des surveillants surgir de partout.

L'épée à la main, ils tentaient de l'acculer dans un coin de la cour. Maya s'apprêtait à risquer le tout pour le tout en se jetant sur eux lorsqu'un rugissement soudain frappa ses oreilles. Bregan courait vers elle en décapitant et éventrant tous les hommes qui s'interposaient. Elle lui sourit.

— C'est pas trop tôt ! À mon tour de changer maintenant, lança-t-elle avant d'entendre tout à coup le bruit d'une balle siffler dans les airs.

Levant aussitôt la tête vers le ciel, elle aperçut une trentaine d'hommes, munis de fusils, allongés sur les toits. Tous braquaient leurs armes vers eux.

— Les humains ont enfreint la première clause du traité, Bregan ! fit Maya en les pointant du doigt. Ils ont fabriqué des armes et ont créé une petite armée, regarde !

Le Taïgan suivit des yeux la direction qu'elle lui indiquait et rugit.

— Cours, Maya ! On doit sortir de là, c'est un piège !

Mais il était déjà trop tard. Des balles avaient atteint les jambes de Maya et elle s'était écroulée sur le sol. Accourant vers elle, Bregan ouvrit la gueule, agrippa sa tunique et la tira derrière un banc de pierre situé près d'un mur. Puis il se posta immédiatement au-dessus d'elle pour lui servir de bouclier.

— Ne reste pas là ! Laisse-moi et va-t'en ! gémit Maya tandis que le Taïgan rugissait en direction des hommes postés sur les toits.

Bregan baissa ses yeux cobalt vers elle. S'en aller et abandonner Maya ici, seule et blessée ? Pas question. Chaque parcelle de son corps, de son cœur, de son âme même, se révoltait à cette idée.

— Bregan, ils sont armés, va-t'en ! Je me débrouillerai ! répéta Maya d'un ton désespéré.

Ils allaient le tuer. Ces hommes allaient le tuer par sa faute. Parce qu'elle avait commis l'erreur de se faire surprendre, parce qu'ils ne s'étaient pas attendus à tomber sur une armée d'hommes équipés de fusils, parce qu'ils s'étaient retrouvés coincés comme des débutants dans cette cour et qu'ils n'avaient pas suffisamment réfléchi.

— Arrête de faire l'idiot ! On ne va tout de même pas laisser de stupides humains nous tuer tous les deux ! lâcha-t-elle en grimaçant.

Le sang continuait de s'écouler sur le sol.

— Cesse de t'agiter, je ne te laisserai pas, pas toi, jamais, gronda Bregan en lui léchant la joue.

— Je ne t'ai pas dit que je te tuerais si tu recommençais à me lécher ? grommela-t-elle sans grande conviction.

— Si, tu me l'as dit, et j'ai hâte de te voir essayer, grogna Bregan, amusé.

Elle était incapable de comprendre les grognements du Taïgan mais la détermination qu'elle lisait dans ses yeux lui brisait le cœur. Bregan n'avait pas menti. Cet imbécile tenait assez à elle pour risquer sa vie. Pour tout risquer.

Tous les regards des clients de la taverne étaient tournés vers Wan, Cléa et Nel.

— Il faut les arrêter ! Ils ont tué mon Edgard ! criait la femme depuis l'escalier en les pointant du doigt.

— Elle a raison ! Il faut les empêcher de partir, renchérit un homme aux cheveux gris.

Wan releva la tête et posa son regard mauve sur les hommes qui avançaient vers eux d'un air menaçant.

— Je ne vous conseille pas d'essayer de nous arrêter. En tout cas pas si vous tenez à la vie.

— Vous avez vu ses yeux !? C'est quoi ? Un démon ? demanda un autre homme.

— Un démon ? s'esclaffa Wan. Non, je suis un Yokaï. Un Serpaï, pour être plus exact, mais vous pouvez m'appeler Démon si vous le souhaitez, je ne m'en offusquerai pas.

Les hommes reculèrent aussitôt et un murmure de frayeur parcourut la salle.

— Wan, intervint Cléa, Bregan a dit qu'on ne devait pas révéler notre présence à cause de…

— Bregan par-ci, Bregan par-là… je te rappelle que tu es une Lupaï, pas une Taïgan, tu n'as pas à lui obéir, rétorqua sèchement le Serpaï.

— Une Lupaï ? Vous avez entendu ? Cette fille est une Lupaï !!!? fit l'homme aux cheveux gris en blêmissant.

— En effet, même s'il semble qu'elle ait tendance à l'oublier ces derniers temps, soupira Wan. Bien, sur ce, il est temps de prendre une décision. Vous avez deux options : la première et la plus sage est de nous laisser tranquillement partir puis de boire un verre en l'honneur du patron, la seconde est de vous mettre en travers de notre chemin et de mourir. Qu'est-ce que vous choisissez ?

Les hommes échangèrent un regard désorienté, puis lentement s'écartèrent de la porte.

— Bon choix, approuva Wan tandis qu'il marchait devant Cléa et Nel droit vers la sortie.

— Pff… tu es fier de toi ? soupira Nel alors qu'ils franchissaient la porte de la taverne.

Wan lui lança un coup d'œil perplexe.

— Quoi ? J'ai fait preuve de diplomatie pour une fois, c'est ce que tu voulais, non ?

— On devait faire preuve de discrétion, et au lieu de ça, tu… Oh et puis zut, tu m'énerves ! grommela Nel.

— Inutile de vous disputer, il est trop tard maintenant. Demain, toute la ville saura qu'on est venus ici, fit Cléa.

— Et alors ? Qu'est-ce que ça peut faire ? se récria Wan.

— Vous savez où vit l'ordonateur ? demanda Cléa.

— Ah ça, tu vois, c'est exactement le genre d'informations qu'on aurait pu obtenir du patron de la taverne si Wan ne l'avait pas bêtement tué, fit remarquer Nel d'un ton amer.

— Oh ça va... D'accord, d'accord, j'ai eu un mauvais réflexe, ça peut arriver à tout le monde, non ? On ne va pas en reparler toute la nuit, se défendit Wan.

— Tiens ! Qu'est-ce qu'ils font là, eux ? s'étonna Cléa tandis qu'un groupe de corbeaux atterrissaient soudain à leurs pieds.

Nel fronça les sourcils puis poussa un cri guttural. Les corbeaux lui répondirent par des croassements avant de s'envoler.

— Qu'est-ce qu'il se passe ? Il y a un problème ? fit Cléa en se tournant vers Nel.

— Oui, répondit-elle avec gravité. Bregan et Maya sont coincés dans la cour de la citadelle, ils sont en danger.

— En danger ? À cause des humains ? C'est une blague ? l'interrogea Wan, sceptique.

— Les corbeaux m'ont dit que les surveillants ont des fusils et que Maya a été blessée, expliqua Nel.

— Des fusils, encore des fusils, mais ils les trouvent où ? gronda Cléa.

— Ça, tu vois, c'est précisément la question que j'ai envie de leur poser, persifla Wan, une ombre de méchanceté transparaissant sur son visage. On y va ?

— Partez devant, je vous rejoins, déclara Nel en s'éloignant.

— Où vas-tu ? demanda Cléa.

— Il me faut plus de place pour changer. Je sens qu'on va bien s'amuser, répondit la Rapaï avec un sourire inquiétant.

Cléa et Wan la suivirent un instant des yeux, puis la louve tourna la tête vers le Serpaï et dit :

— Tu sais, je me demande parfois qui de toi ou de cette gamine est le plus terrifiant.

Wan esquissa un rictus.

— Ça, il n'appartient qu'à toi de le découvrir.

# 25

Wan rampait dans les ruelles en sifflant sans se soucier des hurlements de terreur que poussaient les humains qu'il croisait sur sa route. L'heure n'était plus à la dissimulation mais à la bataille et il s'en réjouissait. Les hommes avaient choisi. Ils avaient choisi de s'en prendre aux Yokaïs et ils allaient payer. Atteignant enfin les portes de la citadelle, le Serpaï tourna son immense tête vers Cléa. La louve, monstrueuse et poilue, grogna aussitôt, puis elle se précipita tête la première contre les deux immenses battants de la porte d'entrée de la citadelle. Un coup les fit trembler. Deux coups, et ils commencèrent à s'ouvrir lentement. Trois coups, et ils cédèrent entièrement.

Wan et Cléa se ruèrent immédiatement à l'intérieur du bâtiment en éventrant, égorgeant, empoisonnant tous ceux qui se trouvaient sur leur chemin. Puis ils progressèrent jusqu'à la cour où Maya et Bregan se trouvaient.

— Attention ! siffla Wan à la louve alors qu'une nuée de flèches s'abattait sur eux.

Cléa poussa un grognement tandis que l'une d'entre elles transperçait légèrement sa fourrure en s'y plantant comme une plume noire.

— Si je les attrape, j'en fais de la bouillie ! gronda Cléa en cherchant Maya du regard.

Celle-ci était allongée dans un coin de la cour, cachée derrière un banc de pierre. Bregan se tenait au-dessus d'elle pour éviter que les flèches et les balles qui fusaient de tous côtés ne l'atteignent. À voir le sang qui coulait de son dos et de son flanc, lui aussi était sévèrement blessé mais il ne bougeait pas. Il restait là, à moitié à découvert, et son puissant corps de bête servait de rempart pour la protéger.

— Il faut qu'on monte, signifia Cléa en levant la patte vers le ciel.

Wan poussa un soupir.

— Oui, oui, ça va, je ne suis pas idiot, siffla-t-il tandis qu'ils s'engageaient chacun dans deux couloirs différents à la recherche d'un escalier.

Nel volait relativement haut mais, de son œil d'aigle, elle pouvait parfaitement discerner l'emplacement des tireurs sur les toits ainsi que l'endroit exact où Maya et Bregan se trouvaient.

— Je m'occupe des hommes avec les fusils et vous de ceux armés d'un arc ! cria-t-elle aux centaines de corbeaux qui volaient à ses côtés.

Ces derniers poussèrent des croassements stridents puis ils piquèrent sur les humains à la vitesse de la foudre. Quelques secondes plus tard, les archers s'enfuyaient à toutes jambes en hurlant. Certains se jetèrent même dans le vide pour échapper aux volatiles.

« Parfait. À moi maintenant », songea Nel en battant des ailes avant de se laisser tomber sur les tireurs en poussant des cris aigus terrifiants.

Les frappant de ses griffes et de ses serres, elle leur porta des centaines de coups mortels produisant mort, panique et consternation.

« Il faut lui reconnaître une chose, se dit Wan alors qu'il atteignait le toit situé au nord de la citadelle, elle est efficace. Un peu trop peut-être. Quelque chose me dit que, quand le moment sera venu, cette aigle ne sera pas facile à tuer. »

Comme si elle voulait confirmer l'intuition du serpent, Nel fendit soudain de son bec le cou d'un homme et lui trancha sa tête.

— Eh ! Tu vas tout de même m'en laisser un ? siffla le Serpaï en rampant vers deux tireurs qui tentaient de prendre la fuite à toute vitesse.

Cléa regardait avec circonspection le loup qui l'attendait en haut des marches de l'aile ouest. Il n'était pas l'un des leurs. Elle ne connaissait ni son odeur ni son pelage et elle n'avait aucune connexion mentale avec lui, ce qui confirmait son statut d'« étranger ».

« Tu dois être le solitaire, le traître, celui qui a tué le vieux Taïgan », songea Cléa en franchissant deux marches.

Le loup se mit à grogner, montrant ainsi clairement son intention de ne pas la laisser passer, mais Cléa ne cessa pas d'avancer pour autant. Le solitaire irradiait la méfiance et la peur. Il était faible et sentait la proie. Pas le prédateur.

— À ta place, je fuirais tant qu'il en est encore temps, gronda-t-elle en découvrant ses crocs.

Le solitaire sentit sa gorge se serrer. Les Lupaïs n'étaient pas comme lui. Ils étaient des animaux. De véritables animaux. Chez eux, l'instinct prenait le dessus, toujours. Ils tuaient et se comportaient comme des bêtes en abandonnant, en reniant même, au fil des siècles, leur part d'humanité.

— Je ne peux pas, je dois protéger mon maître, répondit-il en retroussant ses babines.

— Ton maître ?

— L'ordonateur.

Cléa gronda si fort que son grondement se répercuta dans la nuit.

— Les Yokaïs n'ont pas de maître !

Un maître ? Que croyait-il ? Que les Yokaïs pouvaient être tenus en laisse comme de vulgaires chiens ?

— Ils sont nos dieux… ils nous ont créés… Oh bien sûr, ils ont commis une erreur, mais…

Des dieux ? Pas de doute, ce loup était complètement fou. Bandant ses muscles, Cléa se jeta sur lui et enfonça ses crocs dans la peau flasque de son cou. Un sang salé, épais, gicla aussitôt dans sa bouche mais elle ne lâcha pas prise et mordit plus profondément encore. Ils nous ont créés ? Une erreur ? Le solitaire en avait visiblement commis une en s'attaquant à la meute et il allait chèrement la payer.

Secouant la tête de toutes ses forces, elle lui ouvrit la gorge.

# 26

Tout était perdu. Ils étaient assiégés et les Yokaïs avaient terrassé toutes les défenses qu'il avait érigées. Les rares surveillants qui étaient parvenus à échapper au massacre s'étaient enfuis en les abandonnant, lui et sa précieuse citadelle. Il ne lui restait rien. Rien, à part la satisfaction de pouvoir enfin prouver au monde à quel point les Yokaïs sont dangereux. Oui, après un tel carnage, personne, aucun humain ne pourrait plus l'ignorer. Et pas un ne pourrait le leur pardonner.

— Ordonateur ? fit une vieille femme vêtue d'une cape en entrant dans la pièce.

— Tout est en ordre ? demanda-t-il en prenant le petit sachet qu'elle lui tendait.

— Oui, ordonateur.

— Bien alors, empruntez le petit escalier dérobé et allez porter ça à nos amis, dit-il en lui confiant une lettre.

La vieille femme opina doucement.

— Adieu, ordonateur.

— Adieu, Greta, fit-il en mélangeant les herbes contenues dans le petit sachet avec un peu d'eau.

Des dizaines et des dizaines de cadavres gisaient dans les couloirs de la citadelle, l'entrée, les pièces, la cour… Le beau bâtiment dont Havengard était si fière s'était transformé en moins de deux heures en véritable charnier.

— Ne bouge surtout pas, d'accord ? Je vais te faire un garrot, s'empressa Bregan.

Le Taïgan avait repris forme humaine. Et même s'il avait quelques plaies, une blessure sévère au bras, des dizaines de bleus par-ci par-là, il n'était pas aussi mal en point que Maya l'avait redouté. Et elle s'en sentait soulagée.

— Tu es toute pâle, ajouta-t-il, inquiet.

Maya ne répondit pas et tenta de détourner le regard. Ces corps, ces dépouilles, ces visages allaient la hanter durant des années, elle le savait. Toute cette odeur métallique et tenace de sang lui donnait la nausée.

— C'est à cause de tout ça, murmura-t-elle en lui montrant les cadavres… C'est… c'est difficile…

— Tu ne peux pas marcher, je vais te porter et te ramener chez toi. D'accord ?

Elle lui sourit.

— Je voulais te dire… tout à l'heure, tu…

— Je n'ai pas envie d'en parler, coupa-t-il en tournant la tête pour se dérober à son regard.

— Il va pourtant falloir qu'on en parle. Que se serait-il passé si les autres n'étaient pas arrivés à notre secours ? Je ne veux plus que tu prennes ce genre de risques pour moi. Jamais.

— Maya, il ne s'agit pas de…

— Bregan ! Attention ! hurla-t-elle en le poussant brutalement sur le côté avant de sentir l'impact d'une balle dans son épaule.

Bregan leva un regard argenté et létal vers l'endroit d'où le coup de feu venait d'être tiré, mais il n'y avait plus rien. Rien que les hurlements d'un homme que Wan était en train d'avaler.

— Désolée, on l'avait oublié celui-là, fit Nel en les rejoignant.

Elle avait enfilé à la hâte une tunique trop grande pour elle, probablement trouvée dans des placards ou sur un cadavre. Bregan n'était pas certain de vouloir le savoir.

— La balle a traversé ton bras, ça devrait aller, constata-t-il en examinant Maya.

Puis il esquissa un sourire railleur.

— Qu'est-ce que tu disais à l'instant ? Que tu m'interdisais de prendre des risques pour toi ?

— Ce… ce n'est pas la même chose…, répondit-elle en frissonnant de douleur.

Le tir avait beau ne pas être mortel, sa blessure était, elle, bien réelle. Tout comme celles qui immobilisaient ses jambes et l'empêchaient de marcher.

— Si, c'est exactement la même chose, fit-il en plongeant ses yeux cobalt dans les siens.

— J'ai trouvé l'ordonateur ! lança Cléa en pénétrant tout à coup dans la cour. Il est ici. Dans la citadelle, enfermé dans une pièce, là-haut.

Bregan plissa les yeux.

— Vas-y avec Nel et Wan. Je reste près de Maya.

Cette dernière secoua la tête.

— No… non… je veux le voir… Je veux voir celui qui a causé tout ceci… Je veux… je veux…

Nel interrogea le Taïgan du regard.

— C'est d'accord. Je vais la porter. Vous, vous ouvrez la voie.

Nel haussa les épaules.

— La voie est ouverte depuis longtemps, Bregan. Il n'y a plus âme qui vive ici, à part nous.

Brandgard était blême, sans la moindre trace de couleur sur ses joues. Assis derrière un bureau sculpté, il regardait avancer vers lui Nel, Cléa, Wan et Bregan qui portait Maya dans ses bras. Le silence était total. Comme si personne n'osait dire quoi que ce soit, comme si tous craignaient qu'un mot, un geste, suffise à déclencher un cataclysme dont personne n'avait envie de gérer les conséquences.

— *Guthurau armenta,* murmura finalement Brandgard au bout d'une bonne minute.

Nel haussa les sourcils.

— *Guthurau armenta* ?

— Un poison très efficace. Il ne me reste pas beaucoup de temps, alors faites ce que vous avez à faire, je n'en ai cure à présent, fit-il dans un souffle.

Cléa émit un son exaspéré. Un cri de frustration étranglé.

— Et c'est tout ?

— Comment ? murmura Brandgard.

— Vos hommes sont morts, nous avons perdu plusieurs des nôtres, et tout ce que vous trouvez à dire c'est ça ? gronda Cléa.

— Mes hommes se sont battus bravement… Pour le reste…

— Battus pour qui ? Pour quoi ? Ils sont morts, ordonateur, ils sont morts pour rien, et vous avez perdu ! l'interrompit Bregan d'un ton glacial.

— Ne vous réjouissez pas trop vite. Je ne suis qu'un rouage… un tout petit rouage…

Bregan inspira profondément pour calmer l'envie qu'il avait de l'achever.

— Si vous pensez que cette situation nous réjouit, vous vous trompez. Les Yokaïs ne fêtent pas leur victoire sur un monceau de cadavres.

Brandgard poursuivit sans l'entendre, comme s'il se parlait à lui-même.

— Nous sommes en marche... nous ne reculerons pas... ça ne fait que commencer...

Nel avança d'un pas vers lui.

— Qu'est-ce qui ne fait que commencer ?

— Le temps des hommes, répondit Brandgard.

Puis il poussa un soupir, ferma les yeux et s'affala d'un seul coup.

Le Serpaï avança vers le siège où l'ordonateur était assis.

— Il est mort, fit Wan en soulevant sa tête avant de la laisser retomber brusquement sur le bureau.

— Il a dit quoi ? Qu'il n'était qu'un rouage, un tout petit rouage ? répéta Cléa. Ça veut dire quoi ?

— Ça veut dire qu'il en existe d'autres comme lui et qu'ils sont très nombreux, expliqua Nel.

— Tu crois que c'est vrai ? balbutia Maya, inquiète.

— J'espère bien que non, soupira Bregan d'une voix lugubre.

# 27

Deux semaines plus tard…

— Je ne veux voir personne. Va-t'en !

Cléa soupira et entra dans la chambre de Maya. La Lupaï était alitée depuis deux semaines maintenant et ses jambes étaient presque entièrement guéries. Mais elle ne mangeait pratiquement pas et refusait de parler à qui que ce soit.

— Dommage parce que moi, j'ai envie de te voir, répondit Cléa en ignorant le regard assassin que Maya lui lançait. Tout comme Nel. Elle a demandé de tes nouvelles.

Après les événements de la citadelle, la Rapaï avait transporté Maya inconsciente entre ses griffes jusqu'au village des loups. Puis elle s'était envolée aussitôt sans même laisser le temps à la louve de la remercier.

— Comment est-ce que ça s'est passé pour elle ?

— Le Conseil des Rapaïs n'a pas encore rendu son verdict.

L'attaque contre la citadelle d'Havengard avait créé un émoi considérable parmi les humains. Si ces derniers avaient instinctivement appris à les redouter, les Yokaïs leur avaient à présent donné une véritable raison de les haïr. Ce qui avait rendu les quatre Conseils fous furieux.

— Et pour Wan ?

— Sa succession est compromise.

Maya poussa un profond soupir.

— Comme pour moi.

Cléa acquiesça.

— Comme pour toi et comme pour Bregan.

— Tu crois qu'ils vont nous bannir ?

Le bannissement en terres sauvages était le châtiment le plus cruel qu'on pouvait infliger à un Yokaï. Un châtiment pire que la mort. Et Maya se sentait se liquéfier à cette idée.

— Je ne sais pas.

— Les humains ont dénoncé le traité et nous n'avons plus le droit de nous rendre à Tedeskah. Les Conseils se préparent d'ores et déjà à la guerre.

Tout faire pour éviter la guerre et finir par en provoquer une autre… Maya en aurait presque ri si ça ne lui avait pas donné une folle envie de pleurer.

— Nous n'avions pas le choix.

— Tu crois que je l'ignore ? J'étais là moi aussi, tu sais ? Nous sommes dans le même bateau.

Des larmes perlèrent aux yeux de Maya.

— Je suis désolée, désolée de t'avoir entraînée dans tout ça.

Cléa haussa les épaules.

— On a fait ce qu'il fallait. Je ne regrette rien.

— Quand même, ils ont fait tuer deux des nôtres, ils fabriquent des armes, ils…

— Mais on n'a aucune preuve de ce qu'on avance. L'ordonateur est mort, les surveillants sont morts et les armes ont disparu dès que nous sommes partis. Aux yeux des Conseils comme des humains, c'est nous qui sommes les agresseurs.

— Mon père nous croit. Malak aussi.

Le visage de Cléa s'assombrit.

— Mais ils sont bien les seuls.

— Nel ne t'a rien dit d'autre ? Je veux dire : où est-ce que vous vous êtes vues ? Pas à l'école, je suppose ?

— Non, je te l'ai dit : Tedeskah c'est fini, mais on a choisi un nouveau lieu de rendez-vous.

— « On » ?

— Bregan, Wan, Nel et moi.

— Cléa, non, je t'ai demandé de ne plus…

— Il le faut. De quoi est-ce que tu as si peur ? Que veux-tu qu'on nous inflige de plus ?

— Tu ne dois pas rajouter d'huile sur le feu.

— Bregan s'inquiète pour toi. Il veut te voir.

Maya détourna les yeux.

— Non.

— Ça ne sert à rien de fuir, tu sais, fit Cléa en s'asseyant sur le bord du lit.

— De quoi est-ce que tu parles ?

Cléa la dévisagea longuement.

— Tu l'aimes ?

— Quoi ?

— Je te demande si tu es amoureuse de Bregan.

— Ne dis pas de bêtises, je…

— Vous avez risqué vos vies l'un pour l'autre. Tu as risqué ta vie pour la sienne. Alors je te demande de bien réfléchir avant de répondre : tu l'aimes ?

Le regard de Cléa plongea dans les yeux de Maya et celle-ci sentit soudain la nausée l'envahir. Mal au cœur. Mal à l'âme. Quelque part, au plus profond d'elle, elle mourait d'envie de revenir sur tout ce qu'il s'était passé entre Bregan et elle. Elle aurait voulu ne jamais le connaître. Elle aurait voulu ne jamais lui avoir adressé la parole. Et si la part rationnelle de son cerveau savait que ce n'était pas possible, que c'était comme interrompre une partie déjà entamée et qu'il était déjà trop tard, une autre part d'elle-même, la part la plus folle, la plus désespérée, tentait de nier l'évidence et de refuser ce que son cœur lui hurlait en vain depuis des années.

— Oui. Je crois que oui.

Cléa inspira profondément. Une fois amoureuse, le cœur d'une louve jamais ne changeait.

Si Maya aimait vraiment Bregan, alors tout était terminé pour elle. Elle était fichue. Et elle le savait.

— Tu sais ce que ça implique ?

— Oui.

— Tu comptes le lui dire ?

— Non.

Cléa se releva lentement.

— C'est toi qui décides, mais si tu veux mon avis…

Maya secoua la tête.

— Ce que j'éprouve pour Bregan est contre nature Cléa. C'est un crime. Je ne peux pas. Non. Pas ça…

Son amie ne prit même pas la peine de la contredire parce qu'elle avait raison.

— Qu'est-ce qu'on doit faire, Cléa !? Dis-moi, qu'est-ce qu'on doit faire !? lâcha tout à coup Maya en explosant en sanglots.

Cléa s'approcha d'elle pour la serrer très fort dans ses bras, puis se ravisa et se dirigea vers la porte.

— De notre mieux, Maya. Comme d'habitude, nous ferons de notre mieux…

NORD COMPO
multimédia

Composition et mise en pages
Nord Compo à Villeneuve-d'Ascq

Dépôt légal : mars 2018
N° d'édition : L.01EJEN001375.A005
Loi n° 49-956 du 16 juillet 1949
sur les publications destinées à la jeunesse
Achevé d'imprimer en janvier 2019 en Espagne par Liberdúplex